诗韵京西

马淑琴　主编

北京燕山出版社

图书在版编目（CIP）数据

诗韵京西／马淑琴主编 . —北京：北京燕山出版
社，2019. 11

ISBN 978 – 7 – 5402 – 5354 – 7

Ⅰ. ①诗… Ⅱ. ①马… Ⅲ. ①诗集 – 中国 – 当代
Ⅳ. ①I227

中国版本图书馆 CIP 数据核字（2019）第 005874 号

诗韵京西

SHI YUN JING XI

作　　者：马淑琴 主编
责任编辑：王月佳
出版发行：北京燕山出版社有限公司
社　　址：北京市丰台区东铁匠营苇子坑路 138 号嘉城商务中心 C 座
电　　话：010 – 65240430（总编室）
传　　真：010 – 63587071
印　　刷：北京虎彩文化传播有限公司
开　　本：710×1000　1/16
字　　数：269 千字
印　　张：26
版　　次：2019 年 11 月第 1 版
印　　次：2019 年 11 月第 1 次
定　　价：60.00 元
出版发行：　　YSP　北京燕山出版社
　　　　　　　　　BEIJING YANSHAN PRESS

序 言

　　门头沟区地处北京西部，是首都的西部屏障。这里有北京之巅、西山之魂的灵山，有华北天然植物园百花山，有中国民俗学的发祥地妙峰山等名山神涧，北京的母亲河——永定河流经百余公里，流域面积占全区总面积的百分之九十四。大西山永定河养育了千姿百态的生命，培育了绚丽多姿的文化。灵山秀水，历史人文，造就诗人，养育诗歌，古有马致远，今有张志民，更有当下诸多诗人与诗意的生活空间。

　　为纪念中国新诗百年，弘扬和发展中国诗歌艺术，加强地区社会主义精神文明建设，继承地区诗歌传统，彰显地区精神文化品位，建设中国和北京诗歌之乡，2017年3月到6月，在北京大学中国诗歌研究院的支持下，本编委会与中国诗歌学会、中国诗歌网、北京作家协会、北京电视台青年频道联合举办了"魅力永定河·诗意门头沟"全国范围的诗歌征集评奖活动。到6月30日，收到来自全国30个省份的3873位作者投送的诗歌作品组诗390组，1765首；单首作品3588首，合计5353首。

　　经初级和终极评审委员会根据规则认真评审，最后经终评委多轮投票，评出金奖3名，银奖5名，铜奖10名，佳作奖50名。

　　为了使获奖作品得到更广范的传播和利用，并且得以留存和传承，我们特别编辑出版了这本《诗韵京西》——"魅力永定河·诗意门头沟"诗歌征集获奖作品专集。通过这本诗集，使广大读者深入了解诗意的门头沟，深入了解一个中国诗歌之乡和北京诗歌之乡的诗意诠释，使一个地区、一方热土，以丰富多彩的诗歌意境展现于世人面前，彰显无限的内蕴、魅力与风采！

《诗韵京西》编委会

2019 年 5 月 18 日

目　录

佳作奖作品（50名）

未参赛作品

金奖作品

京西走笔（组诗）

高若虹

妙峰山　玫瑰花开

刚看见一朵　　眨眼又是一朵

初是怯怯的　羞羞的　缓缓的　柔柔的

随即推开花的门扇

我仿佛听见哗的一声

那么多红红的嫩嫩的小嘴说出一个字——开

紧接着两朵三朵　　百朵千朵

一朵比一朵快　像火焰推着火焰　红霞拥着红霞

它们笑着　闹着　挤着　嚷着

什么样的大手捂得住你们开呀　我的小可爱

五月　在妙峰山　是一朵玫瑰叫醒另一朵玫瑰

明朝醒来　娘娘庙醒来　滴水岩和香火醒来

马致远的小令和张志民的诗歌醒来

石的沉默和蜜蜂的喧闹醒来

太行山耸立的雄浑　磅礴和永定河经卷一样蜿蜒的仁慈与柔美

都醒来

于是　清风和白云是多余的

野丁香和杜鹃花也是多余的

连蝴蝶和蜜蜂也是多余的

我眼里含着的那滴眼泪只能滴给玫瑰

此刻　我只想为这些素衣艳容的美女

驱风撺雨　洗衣值更　忠实地守在夜的门口

如果不嫌弃　让其中的一朵为我而开

为一个满身俗气　两眼尘土　双鬓斑白的人开

我只对你轻轻地说出一个字　爱

这是多么奢侈　慷慨的幸福呀

我只躬下身　俯下脸　就占尽了芬芳　占尽了你的爱

一个不好看的男人　一颗苍凉了半生的心　遇到你

也明媚起来温暖起来　红润起来

我要把我的情诗写在玫瑰花瓣上

让它像玫瑰花　柔柔地颤动

让它像你的眸子　一波一波地忽闪

让诗和花朵无法分辨

就像我分不清一瞬间的激动与忧伤

五月你站在妙峰山上

顺风一喊　玫瑰花

整个门头沟都在答应　都约好了似的

仰着羞涩的脸　粉嫩的脸　哗啦啦把自己打开

千万朵玫瑰花每一朵都带着好消息

好消息与门头沟有关　与永定河有关

与幸福有关与你我有关与山盟海誓有关与诗歌有关

有什么能阻止她的绽放

我们能捂住春风捂住心跳捂住呼吸捂住一首诗的流淌

可谁能捂得住玫瑰花开

当百年之后　一抔黄土将我们捂住

可妙峰山还在玫瑰花还在诗歌还在　爱还在

这里时光不老　姹紫嫣红的爱与情怀不老

正好安放我们漂泊已久的华年

石头村

石头其实很柔软　软的如一颗心

这是我在门头沟石头村看到的

如果石头不软　怎么有房子　炊烟　有婴儿啼哭　有接吻的

声音

在上面扎根　是石头的善良

使石头有了一种别样的信赖　承载和幸福

我走进石头村　试图成为它的居民

白天磨镰割草　晚上搂妻生子

在石头上唱歌跳舞　开花结果　做石头的家人

有雨水忽紧忽慢　缓慢地滴水穿石

正像我缓慢铺开的生活

这样的日子　犹如永定河上曾经的打渔船

古道上马帮摇响黄昏的铜铃

陈旧　古朴　不动声色　又闲而弥坚

如石头上的一团苍绿的苔藓

以至于　左眼忽略了簸底下递来的暗示　右耳

拒绝了丰沙线上远行列车的长鸣　一闪一闪跑远的灯

坚如磐石的石头村　就用冥顽不化的石头

加固了爱情　日子　乡愁和家庭

以至于　像极了伏在大地上的一只只蜗牛

一动不动　一只挨着一只　互相厮守着　波澜不惊

在石头村我问自己　为什么一片叶子似的　有风没风

都一脸茫然　远离乡村

我相信　几百年后　石头村依然在这里

保留着这一个推门就能继续爱的地方

等着我们

京西古道书兼怀著名诗人韩作荣、李小雨

题记： 2012 年初秋，参加"中国诗人走京西，打造诗意门头沟"采风活动，与著名诗人韩作荣、李小雨老师曾同走古道。二位老师已于 2013 年 11 月和 2015 年 2 月先后病逝。此次重走古道，草作此诗以表怀念。

我来时　牛角岭已撕开一道口子
古道从黄土中分离出来
裸露着岩石的骨骼
喘息着爬山　一路响着嗒嗒的马蹄声

马蹄的合奏凝重而沉稳
仿佛牛角岭被撕裂后捂着伤口的呻吟
花的吟唱　蜜蜂蝴蝶的呼唤
酸枣和荆条在风中庞大又嘈杂的喧闹
都被马蹄死死踩住　偶尔会有一朵秋菊
从石缝里探出头来慌慌地叫一声

我注意到，马壮硕修长的四蹄
始终盯住岩石不放　敲击　再敲击
像四颗折不断的錾子想凿开石头藏起自己
此刻即使人间不声不响一匹马　一队马
孤独的敲击也会让我颤栗

我不敢再靠近它了　更不敢踏入它的蹄窝

那些负重远行的马蹄和喷着灼热鼻息的头颅　红鬃

那些更像马和骆驼眼睛的深深的蹄印

多一眼　就会把我看疼

这使我想到　驮运煤炭　木料　莜面　京白梨的马

驮运的一定是灵魂　只有灵魂才那么沉重

不得不一步一印　一印一坑　一如朝拜路上磕长头的人

这让我不得不想起祈祷　叩拜　想起菩萨就端坐在前面哪座

山中

我还看到马蹄每响一声

水峪嘴　韭园村的灯就闪烁一下

更远的大同　京城的灯也闪烁了一下

像踏着那些灯

退到一旁　给马蹄坑让路

左边是雨　右边是风

只有时光的一粒粒尘埃落在上面

只有一位诗人熄灭的烟头

一位诗人飘落的红纱巾

诗一样那么轻　那么微小　却留下那么深的脚印

仿佛　他们又来京西重走了一回古道　不舍又多情

再体验一下这人世间道路的坎坷　不平与坚硬

门头沟诗草（三首）

顾子欣

听永定河淙淙诉说

从永定河之旅归来，今夜
窗前银月如钩。我的
诗句随河道在蜿蜒
听河水犹对我淙淙诉说……

我从远古洪荒来，从天池来
我从万里风云来，从草原来
我奔腾冲荡，我开山辟谷
用我挟带的泥沙展开
一把扇子，一小块平原
在那里，为千年古都接生
为它准备一个摇篮

你看那古道，萦回我身旁
蹄痕累累，如今荒芜了
但曾驼铃叮当，马蹄踏出星光
比京城醒得早，亮得早

你看那一个个古村落

靠山吃水，也是我哺育的

而古刹钟鸣，佛寺飘香

传梵音和禅意，又谁人不晓

先有潭柘寺，后有北京城？

我也曾溅起诗的浪花

借马老先生的一曲小令

吟千古绝唱，读无尽苍凉

哦！京城何辉煌！紫禁城，祈年殿

九龙壁上龙翔兽舞

是我河边的窑火烧出那金碧琉璃

烧出古都的色彩和气韵

而那些胡同，那些四合院

它们的院墙，它们的房梁

不也来自我山上的青石和林木？

我还给它们送去山中的乌金

送去炉火，送去灯

还有两岸的山果，滚滚流进城中

果香飘在街头，飘在茶馆戏楼

这才有老北京，这才有古都之秋！

我还送去水，送去玉渊潭

什刹海，太液池……好让京城儿女

照水灵灵的镜子

看护城河里微微荡漾着宫墙

角楼和夕阳的倒影

我在时空中流淌，不停地流淌
阅历多少荣枯与兴亡
一次次江山改姓，到头来
不皆成花草幽径，衣冠古丘？
而当太阳旗遮暗了北平城
太行山站起来了，我也发出怒吼！
多少儿女血洒在水边和山头

我在时空中流淌，不停地流淌
天地老了，我也老了
但却流入了一个新人间
一座钢铁和水泥的城市拔地而起
长安街被拉长，来至山脚下
穷山沟翻身，一丘一壑也风流

我给北京以三倍的祝福
愿它华美，洁净，玉立在蓝天下
我乐见京西山道弯弯
古村落迎宾客，眉开眼笑……
但我也希望你们能看到
我的疲惫，我的消瘦
我半涸的河床，我裸露的河石
少给我动手术少给我整容吧！

让我自然养生，消除血栓

你们把我叫作北京的母亲河
我相信，你们懂得我，你们希望我
将继续流淌，自由地，轻快地
不停地流淌……

从永定河之旅，寻母之旅归来
我的诗句随河水在蜿蜒
听河水犹对我淙淙诉说
也是它对北京人
和到过北京的人们的诉说

2017. 5. 20

游妙峰山记

真惭愧，我是乘大轿车登上山顶的
不像那些虔诚的香客
远道行来，靠两只脚底板
又三步一叩首，从山下
叩至这山巅，这娘娘庙门前

我素知，名山居神灵
但怎么也没想到
竟有如此众多之神在此落户

他们各有来头——

儒、释、道、俗

他们各有地盘、神像、祭台

而互不干扰

相处得挺和睦

业务有分工，各管一摊子

所以，该求谁？办啥事？

香客们都心里有数

财神殿，赵公明，是定要拜的

药王殿，求扁鹊，为治疑难病症

文昌帝君是管高考的吧？

还有各位娘娘分掌着

送生、眼光、斑疹、送子

可天花已绝迹，这位娘娘要下岗

而出国、移民、办签证

却不知应把香献给谁？

反正是，信则灵

祭神如神在

但愿诸神收了红包

别怠工

很可惜，我早来了一天

没赶上庙会，但看到了彩排

幡旗飘扬，鼓磬齐鸣

准备着施粥、布茶、舍馒头

一份暖暖的善心

也传到我手中

用手机四处拍照留影

最后，静下心，凭栏远眺

群山纠纷，一马平川

隐隐见龙泉镇、三家店、京城云烟

玫瑰花海潮虽尚未到来

紫丁花香却飘在身边

在默默的凝望中，我恍然顿悟了

神灵们何以在此居留

2017. 5. 21

戒台寺漫想

隐身于京畿腹地

上下千年

几人能修成佛果？

迈进山门，跨出宝殿

终拱手肃立

面对天下第一坛

四周是戒神威严的目光

梵释四王、天龙八部

伽蓝、金刚力士……

我将受戒？

在头上烧香疤

疼痛犹可忍

但守戒 250 条

方能称比丘

当坛主问"汝能持否"？

我答"能持"。

我退缩了

返身去佛院中

访古树，问名花

站在辽、金的松、槐下

听风吹叶响

岁月悠悠

渐注入心头

涤去几分污垢

2017.5.22

怎一个"爨"字了得（组诗）

阿 勇

一、"爨"

这个字，多数人不识
识得，也往往写不出来
就是这字，将我拦在村外
让我过了斋堂
在青龙山下、清水河畔
等候前朝的月光

终于，我等来了
清代的风和民国的雨
将忠实的院落民居攥成元宝
依山就势，高低错落
左穿右绕，曲径通幽
卧在谷坳里，身披绿野……

迷路进而迷恋，是因为
我踏入的不仅是一个字
更是一片古村落建筑群

一组跌宕曲折的春秋

青石板路，上下蜿蜒
四周门楼、影壁、石墩
用雕刻的花卉、瑞兽、吉语
治疗时光的脆弱
为路过的四季，种植
勤劳的祖辈，慈祥的家园

它们不满足结构丰满
要在间架的瞩望里
弥漫色彩和光芒

从此，这个字融入血脉
当夕阳映照巨石
我回望，这个字赤如晚霞
若一方古朴隽永的朱印
不论似隶或楷
线条流畅，雕刻苍劲
让我如何从一笔一划的刀锋上
去寻找那些失落的岁月呢……

二、蜜蜂

阳光和风的跑道有些轻漾
蜜蜂可以在花间垂直起降

这里的蜜蜂眼光独到
看看选择的家园，就知道
她们有风水大师的潜质

牵过炊烟的衣襟
顺便穿越雕花的窗棂
从花芯到古井、石碾的距离
恰是一缕阳光走的路程

她们勤劳欢喜，内心灼亮
沿着青石板路飞舞
竟然寻到了明清的甘露
竟然可以把山村高高低低
的石垒，当作新鲜的草木
吸吮出花蕊的汁液

她们酿制的荆条蜜枣花蜜
醇正浓厚
还多了些古色古香

舔一舔，便说出了故乡

用点滴的甜蜜，滋养

曾经苦涩无边的时光

我踏着蜜蜂的足迹，发现

每一步都是金色音符

她们单个或集体，唱着

翅膀下安谧的歌谣……

三、拴马桩

你曾拴住过一匹匹骡马

却没有拴住马蹄踏碎的黎明

你曾拴住过西山的冷月

却没有拴住渐渐沉落的黄昏

山村的炊烟被你拴住

但很快让风吹散

石板路走来的脚步，拴住了

又挣脱，像拽断一根锁链……

这不是你的错，真的不是

再上乘的石材，精美的雕刻

也拴不住跋涉的心，以及

瞭望远方的目光

何况还有应答、有承诺

有早晚要还的债
有梦想的诱惑……

这一生，你什么也没拴住
寸步不离的只有自己
和脚下半尺多的土地

有了使命，一根普通的石柱，
也能站在小村口的风雨中
值守百年……

银奖作品

西望大沟（组诗）

峭　岩

之一：西望大沟

时间没能淘白我的记忆

我的心常常溜走

登高西望，西望那一团历史云雾下

笼罩的发黄的史书

它是皇城延伸的龙爪

它是紫京飞出的流泉

——门头沟

我与它在一场情里

驻足已久

那注定是一页发光的履历

我从戎的第一杆枪的刺刀

曾挑起妙峰山的云霞

我青春的威武容颜里

也浸染着你的春秋

我认定我是首都的一柄钢枪

巡察在京西的蓝紫里

镀亮我的青春

多好啊，门头沟
是我情感领域里最大的沟
任我怎么走
也走不出它的坡高
任我怎么飞
也未能飞出它的意境
是情窦初开的花朵吗
抑或是青春勃发的诗歌
心中刻上的传奇
记忆里最美的一朵莲

西望大沟
成为我情感的一种姿态
晴天，雨天
春绿，秋红
一阵忙碌得闲之时
我总是站上云头西望
望那大沟的兴衰岁月
找回我青春的驿站
那里有我的战车、马嘶
枪弹炸碎的夜声……

之二：夜宿矍底下村

是你吗？矍底下村

三十笔划写不完你的全部

我从字海里找到你的来路时

竟走到了我的古稀

当我攀越你的脊背

爬上你的屋顶

再看你的窝灶、井台

寻找你的秘密

我找到了我自已

我就是你流鼻涕的孩子啊

墙上，挂着我收秋的镰刀

烟囱，缭绕着我的梦呓

小学课本依然摆在窗台

歪斜的脚印

燃烧在雪地

今夜，风声来自遥远

吹过游子的旷野

我躺在家乡的土炕

一弯明月滚落我的怀里

宽阔的莽林、原野，

饱满的谷子、玉米

——围拢我的左右

它们是我的父亲、母亲

是我的血脉，心跳，

它们是我的饥饿昨天

是我铺开的滚烫诗句

之三：在"妙"里找到轮回

——登妙峰山

一身的汗水洗亮了一个字

"妙"，也许是山的全部意蕴

我不认为它是一座山的名字

它是神性的符号

历史定都于北京之前

这山早已来到这里

带着险峻之高

视野之阔

伫立京西大地

荣华与贫苦、喜悦与悲凉

都需要心的瞭望

这山就是依凭

登上"妙峰"，一了千秋

我登上顶峰时

云飘风唳，楼耸泉飞

苍茫也，豪爽也

一千里入境

八万象璀璨

就在此时，在山的腰部

我眺望到一片枪声

枪声撕裂山谷断崖

枪声射杀夜的睾丸

拼碎盔甲的士兵战死了

一块青石，屹立崖畔

那岩石等在风里

瘦骨嶙峋一身雄风

它是镇守国门的一柄钢枪

我的爷爷或者父亲

我羞愧走近它

顿时，我摸到了我的渺小

渺小成一粒沙子

而它高于晴云，阔于海洋

而我轻于羽毛，小于水滴

我真想钻进它的"妙"里

做一回它的儿子

复归我的生命

默默无声

闪烁，袅娜

缭绕成紫色的云

那云又飘回来

直落在我的脚下

"君子洁身自好!"

我是不是该把它捡起

这是佛对我的劝诫吗？

京西走笔：门头沟山水吟（组诗）

许　敏

题记： 丁亥年，余参加诗刊社于斋堂举办的第23届青春诗会，得以一览京西之山水家园门头沟，其间幸有燕生、小雨老师偕行，今两位先生已仙逝，而山水犹存，记之以怀千古。　——题记

灵山述怀

苍鹰敛翅，远山卧雪

一代帝王的宝雕弓

就滚落在乱蓬蓬的蒿草中

天梯、木栈道几度警醒你

烽火台重关壁垒

一块无字青碑，接近神迹

英雄冢枯，战事已无从查考

次生桦和落叶松

裹冰浴雪，都是披甲执锐的武士

偶有几株京报春和七瓣莲

缀在藏、蒙、满、汉服饰的绣补处

北风卷地，磨刀霍霍

一支载着茶叶、丝绸、瓷器的驼队

在聚灵峡古道穿针引线

夜晚，浩渺的星空

被你的峰顶一斫两半，这也是灵山

最寂静的一刻，松针头顶悬冰

有石，浑圆如胆，只配用西风烈酒叩响

不小心你踏进了灵山北麓的佛坑

四尊佛像，四盏神灯

不饮酒的石头

山坡的牧草，都是最命硬的山民

不起眼的雀鸟蚁虫

探知一粒草籽雪被下的命运

春来，山花烂漫，一泻千里

高山草甸一派欣欣向荣

一匹母马闪着缎子般光泽，任由马驹儿

在腹下嘬奶

固守京西，虽少了

三分灵秀，却多了七分刚烈

壮士仗剑走天涯，是那个在马背上

以生投死的人，不过

有朝一日，与灵山相遇

你得学会忍受这漫长的冬季

流泪的冰瀑和摇摇欲坠的落日

2017. 3. 18

永定河：不倦的母亲

初春，还未及解下两岸

柳丝的缰绳

你就启程了，身子如水鸟破壳

没有喙，只有翅膀

鸣叫在波涛、松涛起伏的果壳中

鸟语不谙：作为京畿之地的母亲河，你比其他河

流得更为迅疾，更为深情。

关山外，是嗖嗖的强弩

彻夜无眠地奔跑，进入京西

则是水袖，天或灰或蓝

教我如何描绘云的摇橹

和塔的沉寂波涛

再把你冲开的峡谷缝合。

就让我铭记你出太行时的

那一抹初雪——一泓飞瀑流泉

裹挟着幸福与憧憬

穿越燕京津梁，唐宋驿站

金元屯堡，明清码头

触摸历史，只有重回一条河流才能述说完整

一滴水，只有在流逝中

才能找回自己，并被奔腾赋形

我感受到了你体内的震颤、铺陈和隐喻

溯源而上，这是迄今为止最伟大的一次梦游

朝阳划开晨雾

滩涂，苇丛，村落，飞波流盼

珍珠湖，落坡岭水库，斋堂水库

是你捻起的一串珠子，终将沉入你的

体内，化为血气随呼吸

而吁出肺腑，我听到西山密林深处第一声叮咚

那是你乳汁的声音，随即绿芽

在枝头转醒，而在大小卵石铺就的河道

你携提琴的弓走上高音

一丝丝在云端颤抖，众籁皆美！

教我如何勾勒你此行的笔墨

滂沱，长笔洗过

由淡入无，红叶里，万物静听空音。

对岸绵绵的山野，之字形河床

每条河，都有它自身的血脉

也有它自身的苍茫和缺陷

永定河，你是否舍得下

岸上的鸥鸟，体内的鱼群

只管抱紧两岸的春花与秋草飞奔

切断燕京西山，前行是雪

再行还是雪，一路逶迤

在消失中抵达，上善若水

无水，让我如何预知这世事的风浪与渔汛。

2017. 3. 19

潭柘寺：秋之绝句

柘静，潭幽
醒来，你就睡在
一颗星，与
另一颗星之间

秋风，正在丧失尺度
也最能体现定力
友人语：潭柘的红叶，有丹枫
也有黄栌

千山拱翠
万壑堆云
风景尚不及两座琉璃瓦
之一对鸥吻

一峰当心，九峰环立
潭柘寺，正好
用来
养心

那月光雕刻的
你也临摹

殿楼堂阁，斋轩亭坛

有晋人王右军之墨意

拜砖与石鱼

一个有棱

一个无角

你是元朝公主，我为进山香客

秋水无痕

行善者吉

一座金刚延寿塔

抵得了大藏经五千卷？

山，鸟鸣空了

才露出——

毗卢阁前的

腊梅、探春、二乔、银杏

古寺清凉

晨钟

暮鼓

半日之禅可抵百年尘梦

2017. 3. 22

门头沟抒情诗（三首）

陈松叶

诗说门头沟简史

号称"诗史"的杜甫在唐朝
我用手机呼他，老先生不理
发短信给我，读读《兵车行》
"剑外忽闻收蓟北"，有诗为证

《兵车行》与京西古道有关
蓟北，不就是今日的北京城
唐时的明月初照永定河畔
诗不写门头沟，尔等枉为诗人

山是太行山的余脉，却是沟壑纵横
河从山西发源，从西向东碧波滚滚
东胡林人在这深山密林里世代繁衍
与房山周口店的北京猿人同宗同根

初周属蓟，历经春秋战国干戈四起
渔阳郡、上谷郡，栈道险阻兵马难行

先秦属冀州，大雨落幽燕，楚汉宴鸿门
门头沟属幽州，魏晋玄学幽静在竹林

到了唐宋，幽州迎来多少文人骚客
京西古道知晓，边塞诗在石路上吟成
辽金时，马背上的王朝故事不多
元大都宛平县，大戏剧家马致远诞生王平

最明朝，姚广孝在望都峰的定都国策
北京有了中轴线，有了对称的东西城
扩建潭柘寺，暮鼓晨钟，兴了北京的香火
故宫是扩大了的潭柘寺，皇城根下见九门

武昌起义一声枪响，大清朝轰然坍塌
军阀混战，顺天府不顺，民国不民
"五四"运动烈火从北京烧向全中国
李大钊英勇就义，永定河水怒涛滚滚

卢沟晓月啼血，门头沟门前再也不平静
铁蹄终难踏平斋堂川，平西抗战大旗高擎
冀热察挺进军扎根马栏，司令是肖克将军
他曾浴血罗霄，又率部挺进华北，征战燕京

门头沟就这样风风雨雨走过历史的长廊
几番更名易帜，门头沟人不改秉性初心

煤炭温暖过京城的严冬，琉璃美化城楼

世纪的炊烟，皇城内外皆是门头沟柴薪

青山绿水最好，门头沟用大自然命名

有山名妙峰，君可见浓浓的京西风情

东灵山乃北京之巅，下山请去戒台寺静思

又去爨底下探寻，门头沟历史古老而年轻

北方的母亲河

我的母亲埋葬在汉水之滨

汉水是窈窕淑女，君子好逑的河流

是两岸歌吟着唐诗宋词的河流

母亲，你也是一条永不干涸的河流

你的儿子背井离乡，最苦是乡愁

黄河以北，竟然有大运河的源头

帆樯不再，漕运只在记忆里繁华

母亲，我该不该向这条河流叩首

水从故乡来，南水北调功在千秋

那是南方母亲和北方母亲手拉着手

情同姐妹，水在岁月之下，不折不挠

上善若水，天下母亲大爱天长地久

永定河水在门头沟大山里奔流
隋代称桑干河，宛转奔腾成一部随想录
刘靖治水，唐僧取经，王老汉栽柳
桑葚熟了水断流，传说是醉人的美酒

永定河用千年的泥沙托起一座北京古城
还馈赠过西湖，如今莲花已遮掩了渡口
北海、后海、中南海、龙潭湖、积水潭
皆是永定河恩泽，风光如画，美不胜收

永定河啊，你是我北方的母亲河
一条河流就是一位母亲，当三拜九叩
山重水复，波涛指路，让爱心远游
回眸处，天水一色，好一幅大河画图

开心马栏

一亩地大小的马栏两个字
连同红五星镌刻在高高的山腰上
岩石开心，从此有名有姓
山风开心，天天擦拭洗尘

乡邻有个叫马致远的大戏剧家
似乎不太开心，有马就可以了
一个栏字，把他拦在了小桥流水人家

他的古道西风瘦马哟，也圈在元曲里

孩童们最是开心，跳皮筋唱童谣
马兰花开二十一，二五六，二五七
二八二九三十一。数学家听了也开心
就这样跳下去唱下去，数学无难题

肖克将军当年也开心过，屯兵马栏
冀热察挺进军驰骋疆场，所向披靡
马栏排今何在？马栏村后生列队整齐
天意啊，马兰花色染织成战士的征衣

马放南山，拦不住山乡思变奔向富裕
马栏村股份合作社如小荷才露尖尖角
策马扬鞭自奋蹄，村民最懂天道酬勤
开心马栏，红色记忆，绿色风景，多得人民币

古韵诗情门头沟（组诗）

高丽敏

岁月流淌的京西古幡会

古今是一本书

开始以后就一直向结局延伸

永定河的水流之外

流淌就像门头沟的沟

髫鬏山的野丁香落了又开了

大寒岭的岩青兰枯了又绿了

将士厮杀的声音近了又远了

生命之火光照亮岁月的幽深

神奇与平凡相伴

是千军台和庄户村的古幡会

大台沟的年年岁岁

被锅碗瓢盆鼓镲铙钹敲响

像众人企盼的筵席散了再聚

玉皇庙　十里八桥

祖母出嫁时的大花轿

古幡会就是"天人吉祥圣会"

　"银锤开道""铁铜断后"

是往昔皇家的敕封

今昔国家的"非遗"

古幡会是民俗的化石

民国十一年出生的　刘仕龙

也是化石

古幡会会头的化石

95 岁的人生就是一部经典

他一开口

每一个字都有工尺谱的韵律

每一句都有幡影飘过岁月之河

说不清曾经多少位老奶奶

油灯电灯下补绣会旗会幡

也不知道老奶奶

到底补绣了多少面会旗会幡

算不清账目的时候

只见草青草黄

姑娘青丝落霜雪

正月十五的阳光抽出万千金线

像种子在初春的风里

找到生根的依据

当天地被邀约参与平民的祈福

平凡就是神圣

每一次高擎都是心意和盘托出

人与神的酬唱

是无须语言交流的灵犀

像黑色的金子

遥远却抵近的光明

"天人合一"的和谐默契

在茶会的时候谋约

正月十五申时与夕阳一并启程

穿着俗世光鲜色彩

秘密就被古幡擎举

秘密就被地秧歌疯狂扭起

秘密就被大鼓震敲起

最后

流进亥时的圆形月光

　　晾幡喽！修幡喽！

像祖先面对土地庄稼和

猎枪弓箭

把藏在心底的告诉菩萨

告诉娘娘　马王　窑神　龙王

这些是胎记于皮肤的天经地义

要高高举着

好好藏着

大幡给我擎着！

大鼓给我敲着！

会头的号令已经长成大树

根脉深深扎进一方泥土和

沉沙的清水涧

问禅的王老庵

这样的岁月是纯银的音质

闪了永定河的碧波

用双手擎起的古幡

用生命保护的古幡

已经超越生命的意义

当把心底的敬畏高擎

心意就是天蓝　云白

就是山川河流星辰

宗祖

抑或日子的柴米布衣

都一并记着！

高高举着！

一秉虔心擎起的古幡啊！

是先祖对后代的精神奠基

是后代守护家园抗敌拒寇的答卷

是大台沟的

流云草木飞鸟和游鱼

更是祖祖辈辈播种的家训

血液一样流动在每个人的身体

当人们把心与身交给天空和大地

用仪式加固

传承

每个灵魂都有了安居的屋宇

上元节的时候

回到血液流动的温度

那棵栉风沐雨的古槐

在初春伸展遒劲的臂膀

每一片叶子都是生命挚爱

而他身旁的都像是小苗

他每一次呼吸都像是用命

再次开疆破土

水流之外

无形的手拂去尘埃

就像门头沟是一本书

每年正月十五的时候

在庄户和千军台

漂泊的人带回心重获安宁

在起会

走会

赶会的流程中
一步一步
用古幡会打开

梨花一样神秘的京西古墓碑
——关于金国公主之墓碑补叙

《金史》记载，公元1213年，郜国公主与驸马被迫投降西夏后
忧思故国。1215年，金国中都被蒙古军队攻陷。公主时已归国，后
去世。公元2001年，在门头沟区军庄镇水泥厂发现残碑，碑文：
"大金故郜□（残缺字）之长公主之墓"。

故国在心
圆是月
缺也是月
唯有中都的消息是良药
跋山涉水医治心伤

西夏的黄沙可以遮蔽寝宫
却遮不住胸口的月亮
月亮是故国天空
月亮是故国泥土
月亮是故国姐妹

如果思念可以生出羽毛

一定要长成千双翅翼

就算只长成一双

也要飞回故国的山水

飞到亲人身旁

绣花针在丝绢飞翔

歌喉在黑夜飞翔

在举头的一刻

向着诸神求祈：

快快赐我力量！

思念模糊了东南西北

似乎任何方向都是大金疆域

重返故国不惧迷途

归心　必是日思夜想

归路　必是山高水长

御驾的马队跨越关山

车辇来

渡船来

归心似箭来

《金史》留下她的往事

军庄安放她的芳魂

她是大金郜国长公主

于我，她就是一位姑娘

有梨花的模样

冬天　她是冷　是雪白

春日　她是暖　是薄施粉黛

一朵梨花开

一园梨花开

她就是梨花

千顷万顷的梨花

东山孟悟的梨花

而她的声音也还是梨花

日夜听着永定河

刚好抖落八百年尘埃

今日老街上漫步

如果恰逢一位素衣姑娘

我该会多么幸运欣喜

要不要说：

公主驾到！

她能否回眸

与我说隔世的话

告诉我

八百年前要回归的是祖国

八百年沉睡的地方是故乡

军庄的山水是她最后的宫殿

军庄生息的百姓是她的亲人

传奇出于泥土

在那梨花盛开的地方

她用安睡遗忘

她用安睡淡了过往

屋宇，在六月的肩上静谧安详

历史被风忽略

一个女子的一生

被石头漏下悬疑

硬过时光

不可能与她相见

我就爱上这里的老屋街巷

每当梨花盛开

我就知道

是她赶在春的路上

静静悄悄回来

光阴依然是将军山沉默

依然是永定河流淌

而相逢是种下的树

就像一朵梨花

开着走来

马铃儿响叮当的京西古道

京西古道上走着的人

像是离开水的鱼

一群人向山顶行动

仿佛世间的艰辛莫过如此

今天和多年以前的一天

在蹄窝中叠印

有多少区别就有多少相似

看见一匹母马驮着重物

她和孩子落在山下

从大辽的清晨出发

千年之后

还是滞留原地

从她们身边走过

人轻得如同空气

马母子一直都在的山路

马队来来去去

此时无影无踪

岩石上种着蹄窝

蹄音埋进去

一个帝国踏过又一个帝国

一个晨起连着又一个日落

没有看见蹄窝的时候

仿佛了然了沧桑

看到蹄窝懂得一句：

下辈子当牛做马

是如何深意

这样的天气适合煮茶

从斜河涧新摘的黄芩

用大黑铁锅

三蒸三晒之后

捧一本《宛署杂记》

茶色浓回味长

孩童在巷子里奔跑

奶羊的铜铃叮铃叮铃

红色西番莲听得颜色更深

有人从牛角岭小跑过　说

马帮正从韭园过来

经牛角岭水峪嘴

要送山货到大漠关外

烹茶的山泉水还没开壶

茶棚还等着来客

喂马的草料已经备足

只是今天的人

好像都没有收到邀约

钉马掌的师傅少有落闲

岁月被钉在马掌

被马蹄铁溅出火星

在飞雪的冬夜

它们就会在天上眨巴眼睛

时间磨不破嘴皮

磨烂了马蹄铁

今日茶棚清静

马帮和茶客都在途中

在牛角岭上说话带着牛气

牛角挑着两边村落

这边是水峪嘴

那边是东西落坡

一边是小桥流水

一边是古道西风

把秋思写成绝句

从此这里很牛的诗意

再没别的风可以超越

西风追随的诗人消失在夕阳

深秋或者隆冬

岭上月光滑过潭柘寺的钟声

洗净蹄窝

仿佛一只只酒碗

荡漾着岁月的颜色

秋深的时候

不要落草为寇

这是一条草寇不生的古道

这条古道走瘦了诗人和马

乌鸦在牛角岭盘旋

它们停在西落坡的柿子树

柿子是留给鸟的粮食

这一路

谁的心被石头硌疼

蹲下的姿态像一枝风中的野菊

有些笑含着

就变成眼泪

在空荡的关城

草　抱着风

忍不住的都带走吧

而带走的必将在某个时刻

庄重地被回迎

脚踏进蹄窝的时候
问一声牛角岭
谁与你同根相生

一封信笺，给爨底下的云（外一首）

李洪英

寄出的一封信笺

是否递到了你的手中

爨底下村的一朵云

春季里的相遇

只是短暂的挥手和轻语

你在蓝天里信步行走的神态

悠闲成

海里的一朵朵浪花

爨底下村的云啊

你是否还住在古村的蓝天里

同日月一起

共卫护着民风的淳朴

和树木的葱绿

一排排的青瓦房

连着山里的根

就像姐妹兄弟手挽着手

无论怎样的行走

也走不出蓝天下老屋的眷恋

寄出的一封信笺

给爨底下村的一朵云

信笺上淡去了所有的文字

只印着一颗红心的图案

和凝望着蓝天的眼睛

以女儿的名义

三十四年前的秋天

听说有一条叫"永定河"的河

　那一年　我十六岁

这条北京的母亲河啊

淌过三百万年不朽的岁月

也曾在衙门口村我的校园留下印记

那时　正在衙门口村读书的我

轻捧着从操场沙坑里挖出的一枚鹅卵石

抚摸着石头上永定河水浸润过的痕迹

偷偷地　我与这枚光洁的石头有了一个约定

以女儿的名义

——追寻永定河母亲的身影

三十四年后的春季

门头沟的山花发出盛开的邀请

永定河的绿水泛起诗意的清波

我揣上与一枚石头的约定

将奔走了三十余载的思念之绳

一头甩进永定河峡谷的秀美画屏

轻轻地移动脚步

缓缓地低首俯身

伸手　将一枚鹅卵石日久的思念

呈送进永定河母亲的怀中

　　河心里　约定的心愿荡起了涟漪

　　又静静地晕开而渐渐地远去

眼里噙着的　是永定河水洒落的一串水滴

在你历史风霜的脚步里

淌着许多血染的红色和悲壮的故事

在走过三百万年的旅程后

你是否还沉溺于岁月的沧桑和伤感的低吟

母亲的河流　平缓　安详

环绕过俏丽的青山

在风影的催促下

绽放着一路的笑靥

母亲　这就是你水流的模样

我用相机描摹着母亲的面庞

将我与母亲的合影

传给思念之绳另一端的一枚石头

眼前的永定河啊

早已是诗歌花园的一道清流

天籁的笙歌里

肯定也有一曲

是你的管笛中流出的优美旋律

铜奖作品

东胡林人之歌

灵　玲

（一）

三万年前的冰冻

尘封了山顶洞人的足迹

远古人类的悲泣与野兽的嘶吼

消失在山川河谷之间

寂然　静默

轻抚杨柳的翩翩少女

迎着东胡林山顶的第一抹阳光

从清水河畔款款走来

明眸善睐间质朴的笑容

百鸟为之迷途

苍松为之沉醉

垄上耕作的英俊汉子呦

你可曾听过百灵鸟般的美妙歌声

你可曾见过赤足踏过的濯水青莲

你可曾思过骨镯缠绕的纤纤玉手

你可曾于陶碗缝隙间

窥见宇宙的浩瀚

人心的深远

滤过岁月的沧桑

一捧马栏黄土

掩埋了世间一万年的记忆

背倚青山

目视苍穹

亘古不息的清泉

于晨曦落日间陪伴着长眠的灵魂

（二）

岁月静好斗转星移

意气风发的青葱少年

不意间惊扰了你沉睡万年的寂寥

尘与土侵蚀了你昔日的容颜

唯有项间闪烁着光芒的贝饰

宣示着你绚烂而美好的青春

惊叹远离海洋之滨

在高高隆起的太行山之间

谜一样的砂砾沉淀

谜一样的贝类残骸

大自然用你的存在

显露着不可思议的神奇力量

折服茹毛饮血之末

在刀耕火种的黎明到来之前

谜一样的炭火与墓葬

谜一样的兽骨与蚌器

中华五千年的文明

在你的身后

往前又谱写了五千年

当袅袅的炊烟飘摇

当冉冉的红日升起

你，不再寂寞

你是否知道

你和这世代繁衍劳作在你脚下这片热土的人们

有着同样的名字

——东胡林人

你选择了这片土地

我们坚守了这片土地

沧海桑田的变迁

谁也无法描述出完整的历史故事

但，你还在

我们也在

（三）

时光轻易改变了人间的生死轮回

但想重塑这山、这水

却实属不易

踏循着你曾走过的足迹

我们欢笑着、奋斗着

我们期待着美好的明天如约而至

无惧艰难与挑战

我们将像你一样

用最原始的石器与兽骨

追逐最灿烂的美丽

用海枯石烂的执着

点燃星星火种

用傲视苍穹的勇气

破解人类文明的黑夜

我们是岁月的见证

我们是文明的使者

我们是智慧与勇敢的化身

我们是骄傲的东胡林人

门头沟新的一天

李成恩

群山静卧，像巨人的身体
我看不清他的头颅、脸膛与手足
世界从石头缝隙里伸出一缕头发
柔顺如千年曙光，照亮从黑暗里
苏醒的大地。我置身于门头沟晨曦
仿佛新生的婴孩沐浴母亲的慈爱
光影鲜活，晃动我的眼睛
我爱京西山水犹如爱我的此刻

此刻潭柘寺佛塔的尖顶在晨曦里
闪亮，我看见世界慢慢舒展开
巨大的身体，京西古道泛着
年轻的光泽，那深深的蹄窝
盛满了梦的甘露，我是赶了一夜
长梦的人，我背上竹篓里的香烛
反射火一样的晨曦。这是门头沟
新的一天，妙峰山翠绿的树木
敞开怀中的岩石，那是我健壮的兄弟

我爱我此刻在晨曦里迎风而立的兄弟

他们坐拥日出前所有的美色，生命的
奔涌即将来临，妙峰山变幻出朦胧的
蓝色，像一首自然与自然碰撞而出的
音乐，我爱此刻妙峰山的树木与岩石
他们的灵魂静静等待被黎明奏响的一刻

鸟鸣打破了黎明前的静寂，蓝色的山体
晃动了一下，天地在一瞬间向我打开了
一条万古常新的古道。我是那个从明清
连夜赶来的人，我有着古人的仁爱与赞美
我有着今天早晨的蓝色梦幻，我与门头沟
一起苏醒，等待被太阳照亮，那一刻即将
来临，生命的恩宠降临人间，我屏住呼吸

我屏住呼吸，我感到了天地万物一齐向我
扑来，绿色的树叶覆盖了我的脸颊，大地
微微倾斜，我听见明清的马队从梦里一闪而过
他们来得太快了，马的汗水滚落的声音
如铜钱砸在石板上，我爱石板上溅起的汗珠
古人艰辛，热爱长途跋涉，热爱运送木材与煤
我追不上马队，他们远去的身影消失在黎明前

我的呼喊惊起了京西的大鸟，它们转动脖子
在爨底下村影壁前的树上飞下来，"是谁来了？
是谁在呼喊我的名字？"明代驻守的军士还穿着

笨重的寒衣，他们五百年前就来了，比我要早
我在他们中间辨认我的亲人，那个躺在土墙下
抱着一把土枪的男人，他可是我未来的男人？
我喜欢他的明代军士出身，就像喜欢爨底下村
影壁前的那棵古树，树干上的青苔，树根边的泥土
都是我命中注定的爱，一场细雨刚刚下过
我扶起土墙下的明代军士，走向爨底下村后的大山

此刻天已大亮，我们经历了无数的朝代，爱依然
像门头沟突然而至的一场细雨，落在谁身上
谁就是恩爱夫妻，谁就拥有绝世贪爱
明代军士与我仿如一棵古树与另一棵更年轻的树
这块土地布满寺院、古道、幡乐、琉璃、煤与峡谷
我都想一一拥抱，爱上土地，与爱上明代军士
没有任何区别。历史是永定河里的水，照见我
晃荡的灵魂，爱依然滋润每一棵古树，古道上
每一块石头，它们都是我爱着的一个人的灵魂

我的灵魂或许是一匹瘦马的灵魂，马致远的灵魂
缓缓从村口迎面向我走来，他低着头，你写得那么好
还有何羞涩？我不是断肠人在天涯，我喜欢你一袭白袍
清瘦如马，我们的相遇是小桥与流水的相遇
是古道与西风的相遇，老树遍地，不见一只昏鸦
举人村的公鸡高高在上，它们蹲在围墙上像刚中榜的举人
亢奋的事比比皆是，庭院里读书，古树下乘凉

谁给我讲一讲祖宗的故事？谁站出来与我同唱燕歌戏？

马致远先生，请你来与我唱《小锦缎》《锣衫记》
我喜欢南北九腔十八调，柏峪村的俚语深奥
我怎样才能学会这直击咽喉的语言？
斋堂镇，我的马车进入了你的地界，请接纳一个
爱上斋堂的人。请把我的脸画成桃花，眉毛要多粗就多粗
我今天就在斋堂镇住下来，我加入燕歌戏剧班
穿上戏服的那一刻，我仿佛回到了元明的欢乐中
我头上插着长长的翎子，那是两根雉鸡的尾巴
样子太漂亮了，穿越并不需要多高的技巧
只需要在斋堂镇住下来，混入村民们中间
你就有可能登上燕家台，你就是非物质文化遗产的一部分

此刻我行走在门头沟古村落，我想高擎起幡旗
成为力气最大的擎幡者。五百人祭祀窑神
幡旗上黄字书"敕封山川地库煤窑之神"
窑神手握大斧，身着铠甲，单腿站立
我没有挖过煤，但我崇拜挖出来的火
我没有背过煤，但我背过敬奉神明的香火
我不是古幡会中的过客，我一听到锣声
我就紧张，脸上画着油彩的人有福了
红色绿色绸缎琉璃一样闪亮，鼓乐齐鸣
幡旗上的莲花与牡丹开放

我是有福的，我行走在人群中

此刻我走在灵山与百花山、九龙山与妙峰山之间

我是有福的，山与山之间容得下古道

就容得下我通过，我身上少了沧桑

但我有敬畏苦难之心，我的历史太薄

但我有穿越远古之诗，坐在树下写诗

躺在灵山看牦牛吃草，它们像洞察世事的老人

黑色的白色的长毛，水汪汪的眼睛

再配上一对弯曲的尖角，绿树下

牦牛开口问我：你可知道大雪何时降落？

我哑口无言，这些灵山的动物有神明附体

待到大雪降落时，我会来告诉它们——

春夏的绚烂何时又会回来

雪浴戒台，你在哪里？门头沟里找不到

我这样痴情的外乡人，我沿着永定河回来

从北京后海到马鞍山麓，我在星空下奔跑

快快回来！我的良人，你眼里的烛火点燃了

宝顶上的积雪，戒台寺松抱塔的姿势

正是我扑向你的姿势，我的良人

隐居在门头沟的青山下，青山下涂抹油彩的

那张脸，正是我爱着的脸。燕歌戏与太平鼓

秧歌戏与蹦蹦戏，童子大鼓会与庄户幡会

我跟着你游走，跟着一张良人的脸

此刻就是永恒，鼓点敲打在我的心上

也是敲打在你的心上，我听见你的心跳

在永定河静静的河滩上，在龙门涧的峡谷中

发出咚咚咚的回声。如果你是悬空寺

那我就是听音阁，如果你是一线天

那我就是笔架山，世界上的事

在此刻是峡谷的清风，便永远是清风

连明月都只能高挂到京西更远的地方

院子里的良人睡了，狗伏在门头沟的花草丛中

它感觉到了我的脚步，正一步一步向你靠近

伟大的生命安居于青山绿水，夜晚的虫鸣

何不是巨石的滚动？一条狗的沉默

何不是一道峡谷的神秘？黎明的寂静

迎来潭柘寺牡丹的怒放，千年银杏树的

嫩叶上有门头沟新的一天。我仰脸接住

昨晚遗落的星光，天亮了，寺院的大门

吱呀一声在山中打开，生活的门槛并不高

你只需要随着钟声抬起你的腿，你就能

走进内心的殿堂。一千七百多年的时光

积于一座寺院，寺院里的佛塔与玉兰

永不知疲倦，每一天都是新的佛塔

每一年都是新的玉兰，这就是我的一天

我所拥有的爱啊不要转瞬即逝

我所爱着的人与土地、树木与天空

我无法重复的历史，我去过的历史

都将在此刻，在伟大生命的怀抱

变得温顺如灵山的牦牛，如玉河古道上

眼泪一样深情的蹄窝。让我抱住你

爨底下村明代军士的后人，让我抱住你

一棵仁厚的古树，让我抱住永定河

抱住河滩上细碎的石子，像戒台寺松抱塔

这是我的爱抱住了你，门头沟新的一天

2017 年 6 月 15 日至 16 日

致敬门头沟，我敞开真诚的祝福（长篇抒情诗）

冰　岛

一、门头沟的山

——山寺桃花始盛开！我就用白居易的这句诗展开我对门头沟
的书写！

门头沟的一切山色，一定是从这里展开的！

我想幽隐在这诗情画意的

山寺桃花里

清洗我一路走来污垢的灵魂

摘下眼镜，让我的肉眼尽量贴近山寺伸过来的桃花

让它来矫正我视力以及灵魂的畸形

多情的阳光拖着我笨拙的身体向山顶爬去

酒一杯，歌一曲，气喘吁吁

野花吹笛

碧草抚琴，微风轻轻唱

这时的桃花是一个康复理疗师，它帮助我治疗预防心灵上的
痔疮

帮你恢复体力消除疲劳美容美体

疏通乳腺，清淤血道

山寺止痛，花解毒。百花山；一百种花一百种山岂止一百种
门头沟，专家解读为京西诗意地栖居
而我认为
灵山荡灵语
妙峰山漾妙语
我正好；大面朝西，自喻一小虫择花而栖

花里一日，世上千年
寺外听溪，手握艳阳
四十年前和几个文友来这里时，在潭柘寺流杯亭看流水落花
四十年后，壶将远见候，疑我与时乖
在桃花里坐禅
把门头沟的山光水色统统纳入一个字里；美
一抬手，百花山山顶迅速蓝的
彩蝶大呼小叫

树叶领取着白云
阳光献血本为小草逐绿

这里一切都是陌生的，陌生的那么朴实无华，那么让我抱着
流云
看一朵浪花给小溪扳道岔
你好百花山

你好门头沟

长恨春归无觅处，不知转入此中来
像初恋一样的蜜蜂
正在倾心于清洁新鲜的空气，一头扎进花儿的怀抱贪婪地吮吸
我绕过它们的身后与一群东胡林人相遇
黄帝迎新婚
泥龙返瑶池

读不完的百代千朝，山连山
阅不尽的今古世间，岭叠岭

一炷香，千家捣药
一束花，万户传情

红墙、碧瓦，飞檐、斗拱、雕窗、画廊，春花秋语进进出出
石缝间一棵小草那蓬勃的生机
它将所有旅人的脚步
照得通亮
小草，上德不德，是以有德
小水，天下之至柔，驰骋于天下坚

暧昧了一下，就有一首诗来敲门
热情了一回，就有过桥分野色，亮出光芒的嗓音

百花山尽是花，花者，美爆也

灵山尽是灵，灵者，幽也

妙峰山，妙哉妙哉，这一个妙字就妙在明月皎皎照我罗床纬

我转身低低看花，却碰上一只蝴蝶

在炊烟上架桥

它骗过了一个花痴，其实它自己就是花痴

把阳光走成篝火；人生在此遇上一束桃花，没办法命犯桃花。
弯腰捡起一声春雷

山寺犹如大山手中一个精致的首饰盒

打开就有关关雎鸠，就有青青子衿，冲出生活的跑道嫁给远方

我爬到半山腰

就看见山沟沟满是唧唧复唧唧

都在春暖花又开，都在忙着对镜贴花黄，你开我也开，你黄我
更黄

我不属于登上山顶然后盘踞山顶的那一类族群，高处不诉寒

我只属于半山腰，石缝里

生存力极强的葛

百花山让我撑开坚硬的岩石，探进身子

去探寻生命原始的宇宙密码

大自然的神秘构造

我一个人说了算。一个人恢复植物的智性

用枝叶拎动阳光

与庞大的山林

我与一只爬到半山腰采花的蜜蜂

席地而坐

捧杯，对弈，然后

妙语连珠

山高风大，那需要一些特殊的出类拔萃的族群，它们少而精

八千里路云和月在他们心里不算什么

他们有本事呼风唤雨

一览众山小

在茶余饭后就把结庐在人境付给了我

半山腰也不错，真花在

真情就在！

发个微信给朋友圈说：我这里门头沟正是；山气日夕佳，飞鸟

相与还

门头沟：北京城区正西偏南，中纬度大陆性季风气候，山区

面积：

百分之九十八点五

灵山、百花山、妙峰山、黄草梁

述说门头沟古今

潭柘寺、戒台寺清晨闻叩门

山溪倒裳往自开

门头沟的山是北京的山，是东望都邑，西走塞上而通大漠的山

门头沟的山是彰显门头沟人生活朴实有思想内涵历史深度的山

门头沟的山既是浪漫派，象征派，又是写实派，现代派

门头沟的山彻底让我挺起人的脊骨

一块石芽生烟

万千雄鸡自鸣

我试着解开门头沟这山连山身体的远古密码

感觉自身的渺小

大自然是真正的写作高手

它已经触及到一个新时代新鲜的气息里孕育着一个个门头沟人

未来的五彩缤纷

二、门头沟的水

泛

彼

载

舟，在——彼——中——河

我要顺着远古这优美的流水去探寻门头沟大河小流的岸声河语

河水无声

桨影有韵

门头沟的水是很普通的水

门头沟的河

是永定的河。水不回头，水嫁出去后水就成了

门头沟区

区外一支望乡的力量

——河由无定到永定答案需要你在斋堂水库库区里去寻找

有了良辰，必有吉日啊。当定语碰上状语出浴后
永定河的河床
一个象征，去了春天
一个意境，来到河岸

我不狩不猎，不稼不穑
在河之洲
专门来花一些时间减肥降体重，给水面上痴情的阳光
一个完整的感动！

一朵浪花，飞天
一蓬涟漪，入心

永定河是门头沟人的母亲河
它的流；是七仙女弹奏给未来的一条古老的曲子
它的淌；曾在每一个转折，每一个弯里留下日与月人性化的
端详
汗；滴在水里
燃烧一个土陶罐的字义
血；飞在光里
熔炼一个青铜器的转喻

斋堂人，雁翅人、胡林人以及整个门头沟的人

上阕；挥汗惊风雨

下阕；泪洒泣鬼神

永定河的历史就是一个门头沟人的历史，我模仿古道桑榆的

背影

一只秋虫低吟

河水流啊，维叶萋萋

河水淌啊，这旋鸟喧闹的天空

风穿过我的五脏六腑再次站立在我的对岸

我抱住一根葛，让阳光的马群在我的胸膛里嘚嘚嘚地弱水三千

水，追着落花

岸，淌着泪花

恩爱的岁月，河床小心地穿过丛林

峡谷里激荡，一只河鸥打开天空碧蓝色的信仰

心里养殖涟漪

肺里种植朝霞

坐在岸边的荒草中，清扫诗意思考内的一条飞絮的句子

一朵蒲公英

像一辆婴儿车推送着新一天的黎明

青山遮不住啊

红莲相依偎，水云复刷屏！

歇一歇。肥水东流无尽期。雎鸠的呼唤里飞溅出的氤氲

这春暖花开的大地

傍着永定河水

在我的血管里思杨柳，闻鹧鸪，溅笑语，迎春归

花香的季节

剪出初恋时的鸟语

关——关——雎——鸠

关关，关关，关关，参差荇菜，左右流之还是左右芼之？

你看门头沟地图，它很像一个打开的扇面，永定河带着它的水
娘子

描画了门头沟的历史与未来

河底的鱼

从扇子里蹦出来

让炊烟发芽

使莲藕发射鱼雷

鸟音生风，虫叫诞翅

母鸭泛彼柏舟，公鸭在彼中河，而中午的阳光驱赶着绿水

鸳；怀着阳

鸯；抱着光

想远行的庄稼和星月

也想自己的女人，青山遮不住，毕竟东流去

一把扇子，摇一摇自己金色的流水，衣带渐宽终不悔，憔悴、
憔悴

永日无言

何时相会

在每一次挥镐中重新获得尊严

在每一次翻阅中久坐天涯

泛彼柏舟,在彼河侧。维叶莫莫

听春雷转喻

看春雨拎花

顺着河水找一找回家的路,北京城区正西偏南,北纬 39.48°,东经 115.25°

夜夜仰望星空

日日春水东流

幸福了永定河,你的河水照耀我空旷古都的灵魂

吉祥了门头沟,你的矿你的粮你的街你的房你的鸡鸭与牛马你的笑脸和歌唱

为我点燃一带一路全新的希望

泛彼柏舟,言告言归,薄浣我衣。害浣害否,归宁父母

向东,向东

东边是北京

向东,向东

东方红,太阳升

三、门头沟的人

1

空山不见人，见人要去鹧鸪声里，见人要去采药人的鞋壳里，见人要去云深处

张开山花的翅膀，红日当头

向大地弯下腰去

深深地弯下去

返景入深林

门头沟的人用大山证明自己明月来相照。门头沟的人用永定河水

书写自己春草年年绿

和门头沟人相识不用弹琴，只需一颗挂着

清露的心

去吧，到门头沟去

那里的人

人人野旷天低树

各个江清月近人

我爱这里的沉静和淳朴，我曾在四十多年前在这里锤声和石头将我的青春

带进深山带向远方

我们一起开山

一起筑坝

一起拦河

一起看云

在山里，我们和他们，他们和我们，一起让山矮下去，再矮
下去

我们挥汗如雨

他们汗如雨下

我们对石头弹古调

他们让石头开心花

水库修好了，空山松子落

工程完工了，幽人未入眠

时间变换着门头沟人淳朴的笑脸，一代又一代门头沟人

劳动、生育、开山、造林

山路向晚

库水吞云

我想让一把当年的大锤重新安排我的平仄语法

夕阳无限好

不敢问来人

2

小野鸡炖山蘑菇，贴饼子熬小鱼看着口水直流

诗意地饲养阳光把马兰头和阳光放在一起凉拌

窗外的红叶，给每个菜都放一些酱红色飞升的霞光
我盘腿坐在大炕上，身体上的星辰都在发光长芽

早霞给鸡叫拎起来挂在树上，一道道大山脸涨得通红
老周的大红公鸡披上朝霞威武地蹲在一只母鸡身上

热炕头重新唤醒衰老的肾，学着公鸡的姿势在山头上
不再自卑，我将陈年的诗意浩浩荡荡驶进开花的山村
注：爨底下村周承德前几年旅游时在他家吃住

3
此刻有十万万想象生于这明清时期的古老村落
走进爨底下很多很多迷彩的词汇被我消耗干净

石板、墙垛、门墩、影壁、街巷，勾栏瓦舍古道西风
能想象出来曲折和漫长的山路堆积多少历史的积尘

看过今天这里的乡亲，他们脸上或多或少还依稀
镌刻着祖辈抗争的印迹，折射出残酷岁月冰冷的体温

蹲下来撕张烟纸卷老哥一炮旱烟老哥说：城里来的吧
在缥缈的烟雾中想起修斋堂水库时我抽过爱过被爱呛过

4
怎么说呢？今天的门头沟人，早已摆脱浮躁的阴影

一块石板就是一个门头沟人生死相依的一生一世

染红了山谷染红了岁月更染红了他们一带一路的梦想
没有唉声叹气没有颓废抱怨每天都急匆匆追赶游客

遇到一个新的语言体系，镶着金边的山里话被他们翻炒
哪一道野味属秦砖汉瓦，哪一道美食属于颜柳欧赵

让笑脸茂盛，让温暖葱郁，让亲切丝绸一样
门头沟人让你凝神驻足让你好梦阑珊让你心花怒放！

2004—2017 年

山水圣境门头沟

荆其柱

山水神圣

亿万年前戛然而止的地壳变动，
瞬间凝固了所有的洪荒。
喷吐的火焰顿时哽咽，
奔跑的岩石残留气喘，
跳跃而起的肢体尚未舒展，
欲坠未坠的危岩冻结了惊叹，
隆起的三叶虫还在玩耍古贝，
扭动的脊柱半露，
层积岩的页片。

瞬间的神力塑造了奇异动感——
岩浆喷射的曲线，
地岩板块的交混、复合，
阻遏中的陡然抛起、伸延，
平衡中的碾轧和天塌地陷，
凸立而起的呐喊还哽在喉口，
半空坠落的巨石滚翻，

层层叠叠的山嶂遮遮掩掩，
举世罕见的洪荒、古拙蛮憨。

环绕京西，穿越时空的幽廊，
一道谷、一道川、一条壑、一道涧，
各展珍奇、各展雄浑、各展画面，
古泉有声、山高有云，幽洞往返，
豁然展示的壮阔的旷远。
拉长拉短、折叠曲折了文化的视线，
层层逶迤、浓浓淡淡、山岫云远。
古老的石刻、深幽的佛禅、奇奥古玄，
不寂寞的山水，变幻瞬间……

还有许多许多未被玄机道明的，
未能入籍入典的情绪，
岁月曾经有过这样的狂烈吗？
亘古的原始是这样静谧无言吗？
荒芜中的奇美、粗冽中的精湛，
竹林七贤、李白望庐山、曲径浩瀚，
大自然的杰作，上天的无常悬念，
迷惑着，逗引着，撩拨着，
天地有意，撩拨轻点……

不知东胡林人啥时走出了地平线，
混沌初开的智慧，一变八千年——

有些看花的，拿着标本夹，

有些看石的，上登下攀，

钻进一个个矿洞的深幽，

流出晶亮的矿石，煤炭，

言之无尽的好奇，

诱惑连连的钻研，

探之不竭的博物馆……

一拨唱着的、跳着的，

游逛着汲取天赋神韵；

一拨蹦着、舞着的，

情透词赋、笔墨他的渲染；

更是有人，山里左转右转，

想探大河之深、测流域之宽，

山的屏障，水的流向折返……

移山移石，城池构建，

冥冥中，促成仙凡两界的因缘……

还有一些从青灯古卷中，

走出的翩翩墨客——

潇洒于山峰山嶂，

沉思于幽谷听泉，

半酣中的又有山月撞来——

狂草辞赋、昂首长歌，

间或，甩一串平仄叠加的吟咏，

探试，回音壁上的——

回声长远……

醉在嶷底下

把时间折叠成

一块块石板，

铺放的街巷就变成

坚实的村史编年。

从山脚漫开，

向上层层盘桓——

一笔一道，忠实

记载山村的朝朝暮暮，

来过、走远的世事斑斓。

来翻来看来听的人，接踵摩肩，

石阶石沿早被打磨

得玉润珠圆。

枝桠般的街巷，

宽窄有致地舒展。

屋脊相叠，

小院并肩，

户与户，兄弟般脸对脸。

石墙沿坡韵律升降，

蜿蜒着近远。

凸立于大山上的画面，

宛若硕大树冠。

风过雨过，每个叶子

都有情真意切的

倾心交谈……

问其村名古拙，

那个爨字，可居文字之源，

象形文字寄居太多内含。

问其村民由来，

要跨几个朝代门槛——

以山为生，以山为伴，

日从山起、月依山落，

大山把分秒时间都细细磨碾。

一辈辈的口授手传，

都在山石间磨炼——

儿孙的性格；

基因的遗传……

居山之幽，

避世之远，

甭再提明朝移迁的起始，

任山外王朝走马灯般旋转，

难扰这里一缕墟烟。

独具的劳作生息，

独有的生活盎然。

今天，豁然打开的瞬间，

山野的清香、

久酿的醇厚、

山风渐渐，缠绕得

游人流连忘返。

探幽寻远，

何处能寻得这样的村落经典！

谢谢重重群山护佑，

一派古风袭袭——

不着凡俗污染。

追根溯源，

可以触摸那些古朴，

一墙一瓦一石一檐，

都有文字述说，跳跃精彩。

村口几株老树，半醉半酣，

墙角三二春梅，

搅得游人迷眼。

执拗想寻一处僻静，

距离酒馆不远。

从此作起夜半醉酒归汉。

霞蔚初起，读屈子橘颂，

柳宗元的小石潭、

还有刘禹锡的陋室铭……

噢，定要邀上山水之圣陶渊明，

望望东篱春菊

问问他的桃花源，

这里也有仙风缥缈，

步移景换，不是虚幻……

潭柘寺趣谈

远远的，那个西晋的游僧来了。

开启了一个因缘，一千七百年后，

皇帝果然来了，回应了一个民谚。

看似不语的山，竟然

与远远京城的相知相感——

一个玄奥，一个经典。

况且，隔着许多许多的朝代，

是神祇？是暗喻？

是天云中掷下的一个预言？

那个西晋游僧，不知得了什么天机，

转了许多许多的路，看过许许多多的山，

想来，对这里山水不过多看了一眼。

千年后，那个层层山外平川上，

遥遥拱立起来的京垣，也纳闷

西天眼界，挑着星月的寺院翘檐……

斗拱长殿，晨钟暮鼓，梵音缈缈，

如云如风，掠过皇宫禁忌，

仙界言语，不理龙椅威严。

倒是那个皇帝匆匆赶来，

一步跨过了仙凡两界的隔线，

莫非梦中，他得了几分指点？

置竹，移木，栽花，曲水流觞，

敕封，置墨书案，写诗作联，许多佳话，

天下寺院虽多，唯此处风光独占。

或许，社稷自有不能承受的沉重，

枉论皇权神授，他想寻找

一份闲云野鹤般的解脱和休闲……

或者思虑江山的隐隐忧患，

他也要求得上天庇佑，

尽一份诚意，祈求江山平安？

或许，或许他也知了那个民谚，

到此，触摸冥冥中的天意，
感知承受苍天的奥妙和深禅？

理智，常常在认知边缘一闪一闪，
天纲有序，伦理有常，得其一点，
也是智慧奇异，道德超凡。

那个游僧衣袂飘飘，留下佳话，
不知所来，不知所去，
也是眼界独具，修行圆满。

那帝王与他相对千年，暗下应和
相知相趣，花径五色，生机盎然
无须语言，却也是古今奇玄……

潭柘寺仙风淡淡，斗拱层起，袅袅焚香，
游人在那个奇幻里，脚步静静，
一片心境，古径轻掩……

山脚下的岁月是我抛出的一页诗句

华　静

　　我　是在春天的时候走进门头沟的

　　我来了　来到了马淑琴大姐的家乡

　　她曾经安静地用她澎湃的诗句告诉我

　　她写在山上的情绪就是乡下的日子

　　她甚至说在她家乡深埋于地下的树根都有故事

　　这个春天

　　她带着我们走访她写在诗里的足迹

　　沿着山顺着水

　　一路上发现了树的美丽

　　我只管喜欢这被绿荫环绕的福地

　　情不自禁地上前抱住一棵棵树

　　把脸贴在树上听树的呼吸

　　直入云端的树冠高到丈许　参天耸立

　　我用诗的标尺在这个春天丈量它深邃的历史

　　我紧紧地抱着那一棵棵树

　　哪怕抱着它们只有几秒钟

　　也会酝酿出带不走的诗句

　　阳光伴着鸟雀的声音

充盈了植被繁茂的纸面

光影仿佛从我眼前滑落

滑落到春意盎然的心田里

清晨的山正午的山黄昏的山

都在我的窗前参禅静修

我对着长满树的大山顶礼膜拜

那一刻　我似乎听到了牧民的歌还在山间流连

踩着透有草木气息的山路一步步向前

我问自己

会不会遇见更美的牧歌更大的草原

京西的茶马古道上还有赶脚人留下的烟草味儿

还有不间断的驼铃声跟着山风传唱不息

那石阶上的足印把每一段人间真情　铭记

从华北平原到蒙古高原的蜿蜒古道上往返

绵长的地带竟然走出了一个世纪的沧海桑田

门头沟的半卷诗书啊

耸立在京西古老民风的字里行间

今天　我在海拔1500多米的山峰上写诗抒怀

在海拔2300多米的空间对话门头沟的从前

我拥抱每一棵树的心愿感动了莽莽群山

我通过一棵棵树来表达情感的方式

千金不换

我重新写就的不老的门头沟将口口相传

我放飞到月色里的门头沟一片金光闪闪

山脚下的岁月是我抛出的一页诗句

抱着一棵树沉思时发现自己内心还是少年

倾听树的心声　让季节和情绪在胸中循环

那土生土长的理想扎根于大地饱满了信念

第一个党支部的诞生给京西画满了色彩

一夜之间

和着满天星斗璀璨了门头沟的那片天

就在今天　诗人马淑琴大姐还在寻找李文斌

她不能忘怀发生在她家乡门头沟的一段传奇

散落民间的英雄史诗被她挖掘被她重新梳理

这种激昂的寻找　承载了太多太多人们的缅怀

透过寻找

被峥嵘岁月吸引读懂了红色思想的撞击

寻找的过程是一种唤起也是一种意味悠远的教育

这是一片神奇而又壮丽的沃土

战火硝烟中多少英雄儿女的热血洒在了这里

解放后又有多少建设者把青春奉献给了这里

大山的怀抱啊

珍藏了门头沟所有话题的焦点

挖煤采矿　修路架桥　盘山道上的歌声还没有散去

一群一群的游客就把京西风情装进了行囊里

无尽的绿色覆盖了永定河水流经的每一寸土地
悬崖峭壁上的寻访撼动了同一土壤中的诗句
门头沟啊　我享受地沉浸在你大山的风里
沉浸在你安谧古朴的乡下的日子里
甚至　面对你倔强清澈的春寒我都会怦然心动
拥抱一棵树时才发现
我和你只有一念间的距离

走得最快的总是最美的时光和最美的彩虹
而相约门头沟的旅程以真挚的情感为背景
留住了一辈又一辈人长长的剪不断的希冀
留在了追随我的视线跟随我的脚步
行走的方寸镜头里
层峦叠嶂的山上写满了门头沟的历史
几缕阳光　一场风雨明亮了那些深藏的烟尘往事

或许　若干年以后我会问自己
你会怎么看保留下来的潭柘寺和戒台寺
你对于京西老区的认识是否还有缺失
你会不会在进山朝拜的人群中有所反思
你积淀了一冬的话语能否产生观念的价值
又有谁来考验
你眼中的门头沟对未来的想象力

或许　　只有在秋天才能收获树的果实

心有所向的蓝图上不只是藤缠树的消息

灵感与启示也是门头沟每一季节的主旋律

情感在呼吸　　抚平了一段时期的焦虑

爱有载体　　渴望传达触手可及的文物古迹

是谁为大陆季风气候的门头沟

写下了浓墨重彩的一笔

炊烟　　晨雾　　鸡鸣　　童谣

沿河城的黎明守护着挂在枝头上的梦啊

从明代开始一直守护到现在

古老的抹不去的记忆轻轻地划过我的指尖

塞外的风就是从这里进来通往北京的吧

这个兵家必争的城堡啊与长城遥相呼应

以保留最为完整的评语为自己写下了墓志铭

千年古树啊　　时至今日依旧根须繁盛

一段时光里沉淀了柏抱桑榆的奇妙景致

灵水村的上空　　举人宅院的读书声挥之不去

我凝视着爨底下村的百年台阶和石墙青瓦沉思

这个明清古村落不就是属于我的忘忧岛吗

顶着日头　　我靠近那个爨字

摸到了她与日月深情相依的人文脉息

我还会再来　　因为我有再来的道理

我还没有去过珍珠湖没有去过妙峰山

没有看见百花山的高山草甸

也没有看见那片千亩玫瑰园

但我的地理概念中

有了深山峡谷里的湖高原形态的山

我将会再来这里　听林涛　观沧海

门头沟的魅力在马淑琴大姐的诗里蔓延

相传到京城的每一个夜晚

那永不退缩的精神就那么纯粹着　盛开着

每一扇窗口都亮着灯

倾听京西儿女的每一根心弦

晨曦中　清风伴着永定河水的吟诵守望着门头沟

等待着　听她新的传说和那情到深处的如歌诗篇

我还会再来　再来拥抱这里的每一棵树

还会来分享那油画一样纯净的蓝天

带不走的诗句里我留恋那香香的小米饭

我愿意常来　站在她绵延广阔的天地间

因为只有站在这里

我才能找到我写作的切入点

才能让我的憧憬和她的憧憬有最美最美的牵连……

写意门头沟（组诗）

高鹏程

潭柘寺

古道如老藤。
一盏青灯，挂在藤蔓的扭结处。

燕云十六州风雨如晦。
潭柘寺一灯如豆。

时间如雨滴。
击打着一页泛黄的经卷也击打着
一帧发白的圣旨。

潭柘寺不动。京城
不动。

一个王朝过去了。
又一个王朝过去了。

京华烟云和古刹秘史，如同天王殿前

那口铜锅里熬煮的稀粥

已不辨彼此。

现世安稳。钟声

在一口旧钟里隐居。

一尾石鱼，游回到了书库里的经文深处。

永定河

（一）

正午的永定河是一场白日梦。波纹

晃动在一张沉睡者的脸上

而午夜的河流是清醒的。有皮肤下

水草潮湿、浓烈的气味。一册史书里

慢慢渗出的月色

只有傍晚的永定河适合比作

流逝

它容纳了落日之光——

一个人，或一个王朝

欲说还休的隐忍和沉默

（二）

河名永定。

动荡，才是它的关键词。

古道沧桑。

盛世繁华。

都不过是，它河面上，一闪而逝的波光云影

几百年啦，它的波光变幻历历：

它照见过数十代王朝的金顶、斜阳、衰草、古丘

照见过一座桥的上空

一轮将残的晓月

一条没有固定河道的河流

在史册的墨阁和暗缝里变换着流向。

它曾在一部长篇小说里流淌，太阳照着它

照不见河底的折戟

月光抚摸它，但无法抚平留在它躯体里的弹痕

一条注定留在历史里的河流。一个民族沉沉的血管里

至今，依旧呜咽着一条河的悲鸣

一条注定要穿越历史的河流

断流之后，

它干涸的梦境里，依旧有川流不息的水声

桥头的石狮，依旧在深夜，发出低低的怒吼

……

京西古道漫游兼致马致远

天涯从来不是个地理概念。

天涯只是一种感觉。

比如，我是小桥、流水，你是古道

我想要人家

而你，只想把一匹瘦马的影子在西风里吹得更瘦

秋天也不只是一个季节。

那棵老树和那根

枯藤。狂草一样的书写，多么像

你日渐潦草的心

而夕阳，只是噙在你眼中一颗冰凉的泪滴

而昏鸦已不再是昏鸦

它只是

从你的胸口里飞出的一小块夜色

它凄厉的叫声

就要把你吐出的块垒，变成宣纸上

一团浓得化不开的墨迹

把你的断肠，揪成一截荒草湮灭的古道

门头沟四帖（组诗）

张　琳

永定河：命运交响曲

永定河的童年
在山西管涔山度过。

我去过那儿。
一条河的命运，不是流淌
而是不断地被命名，不断地
去养育浪花。

在门头沟遇见永定河，是他乡
遇到故知
没有寒暄，它一心要去海河
我依然要回故乡

这也是命运的一部分
而我们还蒙在鼓里。

需要渤海的涛声来提醒一下

需要比大海更大的生活

当头棒喝一声——

此去百花山

听懂鸟鸣的人，离天空就近了一步

能解花语的人，心头会结出一枚善果

此去百花山

不以百花的名义，不以山的名义

向诗人王维学习，某月某日，登高

忆山中众花——

那些已经凋落的花

那些没有开过的花

同是山中寂寥客，忆，就是写诗

与百花一起登山，就是读诗

能看出花是花，山是山的人

已经修炼成了一片云，卧于山腰

西行记

太行山西行，尹志平西行，都曾看见落日
流下泪水
比沙漠更干涸的泪水，比清水河更清的泪水
是一种挽留
也是一份礼物。

不必继续西行了，灵山
就在门头沟的西面，雪就是灵山的灵魂。
看见七瓣莲
开在山坡上，那是岁月
献出了内心的哈达。

然而，想起玄奘西行
依旧是一种救赎，特别是妙峰山的妙不可言
怎么翻译，都会有败笔。

其实，百川东到海，又何必复西归呢
就连落日
也化为了日出。
那些来到门头沟的事物，想开花，就扎根吧
那些离开门头沟的
想回头，就去戒台寺吧。

入潭柘寺

有泉水，可解近渴，可解远渴。
有柘树，可以醒目，可以明目。
我入潭柘寺
带着时光的蒲团
点亮眼中的酥油灯。

看每一个人，都是彼此的源泉
看每一个人，都是世上的良木。
还有什么奢求呢
慢慢活着，滴水之恩将成为入海之川
木鱼非鱼
却恋上了滴水之深。

以过去为芒鞋
以现在为僧衣
将生活这本难念的经
倒背如流。

我入潭柘寺，就像未来远离了尘埃。
一山，一寺
与命运对峙多年，一水一木
沐浴着
心上的光芒。

诗意琉璃渠（组诗）

蔚　翠

琉璃窑

门头沟的琉璃窑躲过七月暴雨

腊月飞雪

它凭的是手艺

历史敬重手艺人

一段段彩虹安静地栖息在此

它们对自然万物充满敬畏

它将宝顶、大吻、屋兽、方脊、沟头滴水

小心侍弄，它守候一窑炽火的情话

情话被烧制成五色

情话闪着千年不变的琉璃色泽

情话站在屋顶上，看见皇家的威严

和百姓祈福的虔诚

一片琉璃就是一个祈福

或是在屋角挡住雷电，或是

趴在屋脊任凭风吹雨淋守候安稳

或是，弯下腰来讲述关于琉璃的故事

它对宿命的解释

一半是顺势而为后的惊艳，一半是

恰到好处中的取舍

琉璃用它的形状和色彩表述虔诚

两条鱼怀抱荷叶

牡丹花簇拥一团团祥和

九条巨龙腾飞盘旋于云雾的深处

具有象征意义的动物和花草

安静、温暖，用爱的光泽

照耀生活中的荣耀、变迁和动荡

当我们说起门头沟的琉璃渠

我们是说故宫、天安门、黄鹤楼上琉璃的传说

当我们说起琉璃渠的萧永旺

我们是说文化对于生活的影响

当我们说到一窑火

我们是说人世间的智慧和勇气

七百年执着不断，万万年

五彩的琉璃闪烁！

塑　形

我想被塑成琉璃

常站在坩子土面前

想象我的胳膊能呈现月白

是细腻光滑的瓦坯，两次落入

六月大火

常把风霜埋了，放跑一群白鸽

常把花草割了，留下蝴蝶

在进入人世的苦难之前

我想把自己，塑造得

具有吸音、绝热、缓冲性强的特点

七百年流光溢彩。上千年

是门头沟琉璃的传说，然后

让它的手艺站在高处

向一条闪电

表达

彼此敬重的礼节

配　釉

瓦坯在某一刻有了春心
它秘密地、小心翼翼地
将石英、氧化铅的釉料涂满全身
它出落成一个琉璃的美人

美人琉璃走出门来的时候已是十五天以后
她来到北海公园
她来到故宫，看她自己的端庄
和富丽堂皇
太多荣耀，使美人琉璃收敛起春心

那时，她和我一起听到了朝代更迭的消息
秘密的装扮被叫作传承
这个新鲜的称谓
不再是一种权力的象征
而是体现在建筑上的一种文化

那时，她头上戴了向日葵的花饰
她把龙纹的标志戴到普通建筑的屋顶
她大度、兼容，内心丰富
秉承礼训，且不拘泥于传统

毫无疑问，琉璃美人成了文化美人

毫无疑问，她代表的非物质文化遗产

正在天上

生出

一朵朵祥瑞的彩虹

烧　窑

你将火烧至 1400 度

然后配以水

你再将火烧至 1000 度

然后，琉璃的身体里产生诗歌的小气泡

会呼吸的小气泡

将精美的词语透出光泽来

它们干净的程度

来源于琉璃工艺的复杂性与高难度

诗歌的琉璃比金子还宝贵

琉璃的诗歌比玉翠更美丽

而这之前

废掉的那些不合格的产品中

也许，有一个卑微的我

我作为废掉的百分之三十永久死去

在琉璃窑的旁边

死去的我依然用断裂的身体

表达着精致、细腻和含蓄

或许我有幸成为完美琉璃的百分之七十

照耀三界之暗

抚慰众生

甩一下手里的时光神器

将春夏秋冬变幻出

一卷卷青红黄白的艺术极品

何以爱你，我的京西

邹若峰

当我又一次回到这里陪你说话，

你只托九龙留了一束夕阳，

抚平我一身疲惫和带泪的脸颊。

当我又一次背起行囊再次出发，

你只托永定带给我一坛老酒：

"走吧，但要把悲伤留下。"

都说人间的四月天最美，

而我，又何必流连你万千草木中的一朵红花。

——题记

假如我是一个诗人，

我要把你的每一座山，

都写成最温暖的语句。

连同河边的风，

连同林间的雨。

我要每个来到这里的人

都能高声地诵起：

壮哉啊！我的京西！

假如我是一位农民，

我要春去冬来、秋收夏至永远随你，

在二十四节气轮回的季节里，

捧一盏清茶，

支一面凉帐，

轻摇着手中的蒲扇陪伴着这方土地。

我要每个来到过这里的人

都能把你的果实传递：

自豪啊！我的京西！

假如我是一名医生，

假如我是一名工人，

假如我是……

可是——

我却不敢与他们相比。

在你 1455 平方公里的土地上，

我只是那最微不足道的一隅。

而我——

却又与他们有过之而无不及，

在你包容了永定妙峰山川河流的怀抱里，

我只是你襁褓里簇拥着儿女中的二十九万分之一，

是你斋堂爨下孕育的千亩粮田中的一颗粟米，

是你万千草木丛中的一段枝桠，

是你檀柘戒台饱经千年风霜屋瓦中的一片琉璃……

可我，

又是多么深爱着你。

当，棚户改造工程的号角在耳边响起，

我看到了这土地上高楼林立，

夕阳下飞驰来的火车再次鸣响了天际。

当，生态改革的春风拂过每一座山丘，

我看到了这土地上山清水秀，

我们的祖先东胡林人选择的土壤

再次变得宜业宜游而宜居。

当，招商引资的大旗飘扬在门头沟的上空，

我看到了这里百废俱兴，

西风古道再次响起了纷至的马蹄。

一万年来，我的祖祖辈辈就生活在这里，

生活在你结实的臂弯里。

就像那些知意的候鸟，

在你的怀抱中任它们流浪、栖息。

而我——也会随着时间的流逝，

终将伴你老去！

何以爱你，我的京西！

何以爱你，我的京西！

永定河变奏组诗

电路木板

---

1. 序

我已经忘记了源头

我已经忘记了你

我已经忘记了我的忘记……

2. 合奏

有人会记起

有人会生活

有人会选择远去

有人已化为辽阔的草原

高耸的山岗，湍急的河流

有人从荒芜的坟墓中

长出林木，长出希望

在河岸边长出生生不息的村庄

是的，我已经忘记了你

忘记了你浩瀚的模样

忘记了你的汪洋

忘记了你的魂牵梦萦

你的九曲十八弯

忘记了你的歌唱

你男人般的坦荡

你女人般的柔美衷肠

哦，还是有人会记起

记起那一个钻石般的黎明

霞光万丈

照亮虎豹、母鹿的眼睛

照亮星星野花的眼睛

照亮你的窗户，你明净的脸庞

一根长满绿苔的粗大横木

搁在火花四射的河流上

星星落下又升起

月亮斜斜地在东方微笑

越是靠近你越是爱你

越是靠近你也就越是恨你

爱你的恬静与丰满

恨你的离去与告别

你肆无忌惮的怒气

你从天而降的任性

一头牛的埋怨比不上另一头牛

一匹马的嘶鸣引起了另一匹马的呼应

你温柔的对待过群群绵羊

你分不清这里是天空白云还是草原牧场

你在村庄的鸡鸣中打着哈欠醒来

揉揉眼睛

看着一个又一个猎人越过你身边

深入对岸茂密的丛林

珍珠一样散落的村庄

有她们站立的理由

因为她喜欢聆听你的呼吸

你的波平如镜

你的清澈见底

丰厚的鱼群的馈赠

站在你的肩膀上生儿育女

依赖着你告诉你所有的秘密

从远古的荒凉走来

从一块块鹅卵石的提醒中走来
从黄土厚重的历史中走来

从东胡林走来
从还要往上的峡谷中走来
一路而来的更新岁月
一路而来的遒劲

你只管平静地看着，然后往前
你只管带着所有人的秘密与鲜花往前
你只管映照苍凉的天空与野火炊烟

你肯定嘲笑过最高山顶的雪花
嘲笑它们的短暂
嘲笑它们煞有介事的翻卷

你也肯定迷恋过亘古屹立的山峦
久久的缠绵环绕
久久的不肯远离

你并不索取什么
你甚至还被锋利的山岩弄得遍体鳞伤

你明白了沉默的爱，必须的离别
明白了不同的灵魂，不同的命运

你从那里获得了美丽
获得了继续的理由

江水河已经是太久太久的名字了
洪水口只是你不开心时的恶作剧

连苍鹰都知道响箭不能命中
飞翔还要继续

对于你
怎么样都是自然的、随性的

在豪迈的脚步间
在凌厉的峡谷里
你的本质不仅仅是月光与潮水
你还有火热的胸怀
冲垮一切的激情岁月

就像你教会我
在太阳升起时要握紧拳头
在黄昏降临时要躺平
头枕山岳，脚踏山林

就像你时而清澈时而浑浊
不管如何

对于源头的你来说

我更愿意相信你

就像我们彼此相信自己的命运

你闪着光，我就喜悦

你闪着光，我就和你同行

你闪着光，我一下子就忘记了一切

好像我就是你

就是你的光芒

你细碎而直指本质的光芒

星星的光芒

黎明的光芒

爱的光芒

哦，那已是很久以后的事情了

我在茫茫人群中发现和你相似的光芒

那见过后再也忘不掉的眼神

和你一样，和我一样

分开又重合

哭泣又悲伤

欢快如林间的小鹿

单纯如翠叶间的白露

哦，这时我还顾不上以后的幸福
我只能追随着你
甚至拥抱着你
就像怀抱一把懂我的刀刃
去劈开混沌而迷茫的世界

不，那也是我的世界
那也是我的混沌
我珍贵之极的村庄啊

我的世界里只有这些珍贵的村庄
我贫穷的村庄，贫穷的人们

撕开峡谷的裂缝
铺上河水与黄土的毡褥，铺上岁月
种植月光与骨头
野花与小兽
种植不太清醒的梦
还有不太清醒的未来

山石滚落雷声轰鸣
我的世界
在你的闪光中逐渐精彩起来
在你的精彩中不断闪光
那些村庄的名字在闪光

比如说珍珠湖沿河城向阳口

比如说张家庄李家庄杜家庄

比如说清水斋堂雁翅王平妙峰山

比如说大台龙泉军庄永定潭柘寺

你不明白

真的，你不明白

我爱过她们，就像在开始时爱你

我一笔一笔地写过她们的名字

触摸过她们的肌肤

梳理过她们的林木与毛发

我在你旁边对你讲述她们的秘密

她们的小脾气她们的忘性她们的笑话

她们和雪花一样短暂的历史与美丽

我不怕你笑话

我就是这样

一笔一笔地写她们的山川与骨头

直到写出她们的神采

写出她们的传说

就像我曾试图写你一样

只是我想起你

我会变得无比辽阔

会想起远方

会想起很多远离我而去的众神

那些兄弟那些姐妹

那些我深情爱过的人

但我想起她们

我只有低低的悲伤

悲伤到连你的淹没都不能制止

连你的平静都不能容纳

有时候，我看着这些我爱惜的人们

在你身边平凡地生活

有铁犁犁过田垄细小的日子

有砖瓦覆盖着四季冷暖的床铺

有东南西北的风吹过

吹过她们不太愿意提起的往事

她们的细小你或许感到不屑

你随便就会冲走她们的船板和拖鞋

冲走她们在林间朴素的爱情

那一片少有的光明

你有时候会非常生气

生气到我都想指责你

你怎么能不管不顾

将我的村庄

在黎明时分全部淹没
又在黄昏时再度淹没

你怎么能在春天山间野花盛开
人们充满希望的时候
将她们的欲望与生命无情地带走

那些暗哑的哭泣与孩童的悲伤
那些牛马的无知与天生的恐惧
那些无名的道路与田野的禾谷

此时我是愤怒与无奈的
也是无力与后悔的

我终其一生也没有来得及制止你
那些消失的就这么消失了

我只能不断地反问自己
我为什么不断地丢失
珍贵与闪亮的日子
又不断地记起这些痛苦的往事
我拥有过的文明
我的村庄
也不知是什么时候
我开始了选择性的遗忘

忘记你的任性与残暴

忘记我的村庄在你面前多么容易受伤

我终于还是忘记了对你的愤怒

因为

空空如也的河道不再生动与丰富

此时，空空如也的你已经开始让我想念

包括你的任性，更不用说你的丰美

3. 终曲

尽管我从开始就已忘记了你

从源头那里开始忘记了你

但在源头之上

我却找到了能够记起你的

那个我

这就是我爱你的方式

就像你爱我的一样

有太阳也有月亮

有甜蜜也有悲伤

佳作奖作品

京西咏叹调（组诗）

耿国彪

永定河咏叹调

你是北京城最古老的抒情

躬身的山脊，昂首的树木都抬起手臂

拨弄流水的琴弦

你是穿行在繁华和苍凉之间的一段序曲

在一碗烈酒中

将离愁和爱情久久吟唱

一条河与一座城市紧紧相依

大地的臂弯里

春天还没有醒来

面色苍白的碉楼中

一批批的士兵被吹进历史的烟云

就像不远处的故宫

将皇帝弹成最高的一个音符

而后陷入沉寂

时光是最好的归宿

战马的嘶鸣，枪炮的呜咽，以及一代人的冷暖

都没有一滴永定河水的流动

更持久

西山里行色匆匆光脚板的水

三家店外婀娜多姿大家闺秀的水

都是永定河

就像她流过的泥土

隆起而成脊梁，凹陷则泽佑苍生

由桑干河的蛙鸣到潭柘寺的钟声

由沿河城的风到永定楼的月

历史的泥沙中暗影浮动

三千年前的那匹白马邂逅现实的梦境

这就是永定河

在寂静中练习吟咏

在荒凉里聚集豪情

我坚信一个高音就隐藏在

你穿越千丘万壑的腰身之中

唱响她时

无论俯身水底，还是站立山巅

都会有一缕阳光抚摸你爱恋已久的北京

2017. 6. 22

门头沟·春天奏鸣曲

穿过北京城的喧嚣，就看到了你

众山环绕的门头沟。在挽起手臂的山峰中

一串串红色的灯笼漫步乡间

照亮萤火虫的歌唱

人们胸怀勇气把生长的秘密埋于岩石的缝隙

召唤新鲜的风和天空中最清脆的一声鸟鸣

多么幸福，一片片叶子在升高

春天在升高，风把吟咏的远方一点点吹近

在门头沟，在永定河畔

还有什么比太阳更有力，比四月更轻柔

流水抚摸大地，村庄把身体坦诚给阳光

走在路上的羊群，头上是蓝色的花朵，头下是淡绿色的沉默

那些散落路边的孤独与忧伤

被明媚的窗花所沉醉

像一个黎明渐渐清晰

爨底下的山坡上，一只燕子飞临爱情

每一间房屋，每一棵树以及缓缓的流水

都像时光深处灯盏跳动着喜悦

那些细长的街巷把话留在心里，让鸡鸣代替歌唱

村庄的衷爱者们不需要秘密

他们像老牛一样反刍着泥土和庄稼

他们在村庄的黑暗中看到了秋天

眼睛里是简单的光明

谁还在怀疑，春天的背后残留着噩梦

两种颜色的花朵同一种归宿

由泥土到树梢再到屋顶，忧伤的人先于我离去

京西古道的马蹄渐行渐远

珍珠湖的桨声越来越近

我喜欢深山里的永定河水，奔流不失清澈，激情蕴含素雅

而昼与夜，生与死，我们仍无法说出

就像真实的幸福、悲伤属于个人，虚假的歌唱属于听众

我只把寂静留给自己，留给内心

然后，用眼睛告别眼睛，用一个脚印告别另一个脚印

用门头沟的晨露、草尖以及美丽的疼痛

告别我曾经虚妄的一切

2017. 6. 24

沿河城的寂静

一条头枕金子般阳光的河

与一座头枕金子般阳光的小镇

构成了沿河城的寂静

风休假了

马早就漫步在南山之南

只有流动的河水告诉你

曾经的喧嚣和忧伤

城门无所谓地开着

任凭青春、热血、激情毫无保留地

穿过它奔向远方

一块雕花的石头

一块刻字的青砖

避开早晨的露珠

反复舔舐着曾经遗撒的几滴水酒

南瓜花依然开着

像一封鸡毛信把碗大的黄色

传递给山顶酷似士兵的石头

在曾经的古战场

在八百士兵驻守的沿河城

我没有看到硝烟

只在平静的水面下

看到了自己和时光的影子

抬起头还发现

黑暗和光明本就是一对手挽手的兄弟

2017. 6. 22

门头沟 被永定河一滴水放牧出波澜之美（组诗）

王爱民

我是永定河里的一滴水

水花站立，一条河搂紧半生岁月

一条河汇集爱，金黄的落叶，洁白的云影

携带着青山的倒影，向含泪的眼中奔来

一万朵浪花喊一千遍爹娘

一条河入梦，入心，不改乡音

一滴一寸国土，一浪一座城池

漂洗青铜的绿锈，穿门过街从人心走过一程

把新中国，唱出眼泪，一直唱到天安门前

卢沟桥上那一枚晓月，将栏杆拍遍

天安门身姿挺拔，河里的倒影飘香

岸上的旗帜，也飘香

永字八法，被一滴水放牧出波澜之美

白云，从此腾起腰身

滔滔巨浪，回响在我们的胸膛

在座右铭里散出芬芳，做你河里一滴水

一生波光粼粼，一路而唱

河里种满了星星，流水有大文章
有长河落日捞取不尽的脚印
一只归帆，让满盘皆活
在水的阡陌里俯下腰身，岸得到修正
天天阅读身边这条河，像书一样翻过
我是坡岸上一块被一遍遍冲刷的石头
学会了倾听

我的乳名一样
一辈子淌在我的血液里，总是热的
轻轻握住你匀称的呼吸
鼻翼上沾满了花香和睡梦
朝向你心底澄澈的蓝，轻轻把炊烟弄弯
像一个喝稀粥长大的少年
身体里一天天流淌自强的水声
优秀的孩子，沉甸甸的瓜果大豆高粱
被你的翅膀轻轻护送进粮仓
枕边轻轻喊你的名字，美丽的名字不发出声响
只与我的前生来世，保持相同的走向

在马致远故居读《天净沙·秋思》

古道是离家人弯曲的肠子

离家人走得比一支小令更慢

走远路的人一夜白头

炊烟来不及描摹

一个人的孤独砸出五千年的蹄窝

故乡是一个动词，在蹄子上走远

一步一回头，脸想得瘦长

能走天下最远的路

如里程碑，把道路收紧

如果有一天西风停住了

瘦马吻住落花

夕阳就卡在远行人的身体里

深藏起乡愁的秘密

用几根瘦骨头　，单薄的身影

结结实实地撑起满天晚霞

你的乡音很小　，却如春雷犹在

你的手中，夕阳是巨大的手鼓

西风拐过古道，刮开地皮三尺

寻找一个人拔不出的脚印

马蹄不停地刨响脚下的泥土

西山厚重的脊梁，像一把刀入鞘

收留千年万年的水土，一个离家人的根

西风是断肠人走失的影子

一段段长城在门头沟入定

石破天惊，叹号下甩不掉的那只点

城墙下转绿的树木，埋下五千年的伏笔

城垛挽起坚硬的手臂排兵布阵

都是当年持刀拉弓守城的将士

一把瘦硬的骨头摁进命里，比山高

比心凉，要拼死挡住北面来的大风

每块砖都是一部小小的史记

像方正的繁体字，都装满乡愁

装满了胡须里的老故事

大风试图吹出身体里的砖石

时光摞着时光

云影徘徊试图擦拭满身伤口

你在狼烟里回到慷慨的悲歌

把持住内心的一场场风雨

一道墙能打几根钉，侃侃回声

已成门头沟的后缀，古城头上

横刀抖袍的只有西风中的一蓬蓬草

一道墙在这里入定，为历史断代

分开动与静，黑暗和光明，后院与前庭

雷声入土为安

与庄稼对视：我决定把诗歌种进山里

绿　岛

与庄稼对视：我决定把诗歌种进山里
——丁酉京西诗抄之一

1

匆匆辞别夕阳

最好取一抔泥土入梦

整个夜晚

我是说当生命的钟摆

走过爱情的河流

我情愿拿一生沉默

与——庄——稼——对——视

那是一簇簇疯长的誓言吗

在你挺拔的身躯里

我分明看到了

你，一块一块嶙峋的诗歌的骨头

土地在说话

青铜在说话

森林在说话

河流在说话

六月，有热的风在走过

我愿意是一条卑微的

虫

在你一个人的陇上

孤独而执着地爬行

2

把那条河分为两半吧

一半给我的先辈

一半给我的子孙

那是浩瀚无垠的时光沙漠吗

为什么一个男人

高擎火把，就像托举着自己

走过连绵的峰峦

那是语言与肉体碰撞的喧响呵

是水流的声音

让古老的时光变得性感而妩媚

永定河——

一条直立行走的绳索

捆绑着一截又一截

漂浮的传说

3

佛说，最好还是感谢石头吧

也许，在太阳落山之前
脚印将是我们在这个世上
唯一的符号
碑文肃穆，有淡淡的炊烟升起
温暖的体温
你让我想起了年迈的母亲

其实，所有的石头
必将与诗歌有关

4

燃一柱香　入梦
邂逅一个质朴的村落

唐突的脚步徐徐前行
这样一个宁静的午后
我不敢惊醒
你这一堆一堆沉重的往事

青石板在阳光下蠕动

而我，原意是青砖绿瓦上
滴落的最后一声
叹
息

举人们走进一首诗歌之后
村落里的女人和每一块
石头
只能枕着光滑的时光入梦

5
穿过狭长的山坳
悬崖之上
我看到了你岿然不动的
坚硬的身影

诗人峭岩说
山峰的高度，只有鹰知道
可我不知道该用怎样的目光
去丈量你的高度

只能逶迤前行
我在一条知性的沟里
感受你前世的温柔
也许，沟就是意念中的山坳

那么羽翼一样的山峰呢
该是她凝重的翅膀

面对庄稼，还有那轮火辣辣的
日
头
我决定抽出生命的年轮做犁
把尚存的诗歌
种植在京西的大山里
让我拿最后的痴情
——守
——候
——你
我梦中的女神——门头沟

2017. 5. 19（北京）

梦回京西

王世尧

田庄村咏怀

我来到雁翅镇

杨花如雪　在春天的早上

走进传说的田庄村

在一尊

鲜红而巨大的镰刀斧头下

初心沉湎

升腾久违的信念

陌生的自我

亲切的党旗

一幕我红领巾时代的珍重

汹涌而至

岁月峥嵘

忠魂热血

在历史的镜框中凝固肖像

何年何月

一只五彩神雁听从远古召唤

遥遥飞越

降临京西　于是

大雁化作形似翅身的山脉

此地终于得名

那年那月

一个浴火重生的共产党人

惜别黄浦江畔

回到雁翅镇

播下星星之火

我以良知者的名义

呼唤你

崔显芳

仰望京西透彻魂魄的蓝天

我礼赞你

不朽的姓名

你唤醒穷苦山民

用生命铸就抗日武装的炮火

大悲岩作证

你是黎明前最美的星宿

你是新中国沥血前行的先驱

我来到田庄村

驻足爱与生死间的美丽

在洒满阳光的路口

摘下怒放的迎春

摘下远山飘来的洁白云朵

献上

从未迟到的忠诚

我是后人

生命里无缘献身这第一支部

如若有一天

民族危亡的风暴

不期而至

我愿做村中

一株永生的绿树

在碧血燃亮的五月昂然而立

永定河

日晕倾泻金色的眷恋

永定河你可曾疲倦

我从童年的怀想姗姗而至

无意闯入你梅雪嫣然的岸边

照映波光　身披绿缎

远古之风　让浪花洗亮我的双眼

并非是怀春的错爱

我追随你绿水长流的奔放

从此 或许永远

我倾听你清澈悲远的咏叹
我倾听你从管涔山奔腾出世的三百万年
我倾听你留存神池的回望
我倾听你吟诵万古冰洞不化的箴言

晋山之祖 蜿蜒出血脉尊严
却也朦胧了塞上白云飘动的瓦蓝
你放纵呐喊 从官厅山峡穿过
以澄怀流远 润饰着百花 妙峰 灵山
天地春回 过滤掉浑浊的昨天

月华清照银色的故园
永定河你意态阑珊
有戒台禅心升起的星群相伴
我与碧浪长歌 寻梦你神性的流年

卖香椿的老姐姐

雪样洁白丰满的杏花
在田庄村的路边静悄悄绽放
树下的老姐姐
笑得比杏花更美
她们开心地操着标准的京西腔

叫卖香椿

我掀开装满香椿的布袋
红玛瑙般的嫩叶
清新泛起沁人的诱惑
掐一芽放到嘴里
慢慢嚼　嚼出我童年久违的味道

肯定要知道多少钱一斤
老姐姐却反问
走遍大北京四九城
谁种得出这么仙气十足的香椿
老姐姐的自信
唤来强劲的风
天落雪了　洁白的花瓣纷纷飘洒

天价香椿真要出世
人杰地灵的雁翅镇不同凡响
老姐姐畅然一笑
多少让人心慌
可她抬手间比划出的钱数
谁又忍心去付
仁者伴山而居
山一样纯朴善良的性情
香椿味美

人心更美

我乘车远去
带走了
浓浓的香椿与浓浓的乡情
隔窗再望
我看见老姐姐站在路边
还在招手
她是村中最美的香椿树
是雁翅山的一缕红霞

2017. 6. 28

寻梦门头沟（组诗）

温　颖

与永定河一起歌咏

1

我应该让所有的人都看见，一条大河的呼吸吐纳

我行走，沿着永定河的流向。水光山影，胜过桃源

从前世到今生，这是谁的河流？这是谁的古老爱情？

一抹夕阳，携带了鸟声如洗，起自管涔山的一枚音符

747 千米长的爱情，她要一厘米一厘米地表达，她要一朵涟漪一朵涟漪地安顿

群山峡谷、古村古道、寺庙草甸、湖泊云海——河水汤汤，一个激浪逼出一枚词语的光芒

撷一朵水声，在门头沟，翻卷身体里的潮汐

一声高过一声的乡愁碎语，从我的身体漫过，牵动我魂梦的家园

试着打开蒙尘的凡心，试着拦下天光云影

试着把目光，与河水一起喁喁私语

蓝天白云，辽阔舒远，正穿越千年的约定和承诺

就在这江南水乡般的门头沟，解开一副枷锁，让一个漂泊的灵

魂，随波逐浪

愿意亲近门头沟的召唤，一方厚土，一方痴情
一条河流浩荡的诗意，在门头沟一览无余
很想融化在永定河的轻绕里，把灵魂寄存于一朵涟漪
这多情的流水，这碧蓝的大汉，倒影了青葱的时光
以轻吟的语调向游人叙说着她的亘古悠远，而又璀璨现代

2
就这样栖息下来，在门头沟，以永定河的名义，阅读时光
水底沉潜的寂静和古老，化成粼粼的波光，把一河的流水与汉
字扶正
河面上种下的平平仄仄，每一朵，都能抵达《诗经》，抑或唐诗
宋词
万物在清醒与混沌之间，被诗意的永定河，揉开了内心的澄澈

想象你就是一只穿风逆行的雄鹰。我把蓝色的梦呓放在你的
羽翅
我看见门头沟，正书写着一行行笔锋凌厉的狂草，一枚枚汉字，
唤起高山对河流的崇拜
一颗尘埃的心，开始畅想。全部的记忆，在时间和空间神异结
合、发芽，探及最璀璨的主题
这诗意的河水，在行云流水的吟唱里，销魂地打湿了一个人的
旧爱与新欢

数千年的那匹风，已洗心还俗。水流为弦，青山为谱

河水里，养着爱情和诗篇。文人才子们，在水面肆意泼墨

古有马致远，今有张志民。 水流的语言，可以触发才子们，抑或门头沟内心词语的贪婪

水与水相拥，情与情相连，叩响水声依旧和灯火斑斓的颂词

连那些蜷缩在巢穴里的飞鸟走兽，在梦中，也喘着诗意的呼吸

3

等一朵水花，开在内心深处，呼吸吐纳，在碧水连天的耳语里，抛弃杂念

于静寂的时光中，诵读一册净心的经卷

在起伏的水浪里，在穿空的梵音里，绘下门头沟的高度，和纯度

内心越来越炽热，一个羁旅的游子，此刻，游弋于她的前世与今生

让我透过一朵水花，写意门头沟鲜明的主题，脉络明晰，没有半点假设和瑕疵

你可以选择其中的一朵，做左边的翅膀；可以选择另一朵，做右边的翅膀

就像一尾鱼儿，义无反顾地奔向生灵共欢的舞台，每一次默念

都仿佛有洁雅的召唤和荡涤，从永定河的深处清晰地传来

且把灵魂的定势，朝向门头沟，朝向永定河 ，把挚爱与虔诚写进每一朵水花

翩跹的梦羽，飞舞于蓝天碧水之间，多像充满意境的清风
穿过四肢百骸，拨动灵魂的琴弦，醉人醉心

且屏蔽了那风声，把盏对饮，让漫溢的时光，渐次丰盈起来
千年的乡愁，随空中划过的高鸣疼彻骨髓，回旋的乡情接近月
光的流淌
门头沟，一个耐人寻味的名字，一个让你记住乡愁的地方
轻轻念白，数千年的光阴就折叠在永定河的骨子里

4
说的是永定河，其实说的是一种炽热的爱情
你带我来到门头沟，用你的一往情深来招待我
相思催开了温软的水花。一朵，两朵，三、四朵
每一朵，都世袭了宋词的痴情

一朵朵水花，一朵朵美景，只为等一个人，抑或一匹风的到
来吗
景色，是那么迷人；空气，是那么清新；人气，是那么纯真
漫步这样的风光地带，我只感觉到游荡在人间仙境

现在，我已经是没有回头路了。在水之洲，旋律流畅的山歌正
涉水而来
摘一片流水，在一支痊愈的风里栓马，和门头沟一起读取曼妙
的时光
慢拂弦，岁月浮华，一梦千年。四万七千余平方公里的爱情，

碎碎念

月光，正雅致地张开，在簇新的风景中，安放甜美的构图

蘸流水写意，动人的涟漪，为古老的江山日夜擦洗着明媚的
前程

撑一篷欸乃，叠染微澜。今夜，我听见门头沟的一声娇嗔

我无法平息自己的内心，哪怕一秒钟的停顿，也会让我惶恐
不已

因为，你在我的身体里植入了门头沟一河的爱情

在山的情韵里解读门头沟

我照例来到这里。来自远古的风，照例吹着

一匹，两匹，在我耳际亲切低语

在门头沟，找一座山，抑或一块裸露的岩石坐下来

用坚硬和静寂，规矩放浪形骸的思想

然后用十万像素，嵌入湿湿的思念

山，很青葱，腹内的锦绣，跌落于山地，抑或平原

诗意的经典成动词，抑或形容词

南风似剃，青烟如斩。花自飘零，水自流淌

绝句里令里淬出的风骨，足以显示门头沟内心的力量

沿着太行山的千肠百结，寻找爱的语言

山涧泉响，林中花香。随意捡拾的叶子上，纹路衔接了遥远的

芬芳

　　和沉默的典籍，引诱一阕宋词上钩

　　而一声鸟鸣，率先把灵山唤醒

　　风是瘦的，是骨力遒劲的柳体

　　绿是肥的，是雄强圆厚的颜体

　　红樱桃、鹿蹄草、红丁香——颇适时宜地招展

　　在起承转合之中，制服了白云的放纵

　　　垒石、筑墙、一段古长城的悬腕凝笔

　　封杀了一匹兵荒马乱的光阴

　　天下已经太平，岩上的佛窟朝向风和日丽

　　天高云淡，万物皆灵，拔节的诗意，一步步抬高了我的视线

　　而妙峰山，以古刹、奇松、怪石、溶洞布局谋篇

　　在不经意间完成美的典章。笔墨，无意私藏一山的文采

　　连帝王将相、文人墨客，也只能无数次折腰

　　时光里训练弹性的那些玫瑰，那些丁香，那些杜鹃，那些茉莉，
那些金针

　　一年四季轮番上阵。我听到，到处都是花开的声音

　　只这百花山，谁的笔尖流落的色彩总是肆无忌惮

　　百花花揪、毛苔草、鹅冠羊、党参、半夏——只不过是 700 余
种修辞的几种

　　而狍子、獾、百灵鸟、泥雀、岩鹨、红腹蛇等近千种动物的交
互抒情

一个瑰丽的梦境，被花草的馨香驮着，从阳光的亮点里起飞

云山花海，铺满了仙洞遗寺的罅隙

群山，又向天空突围了数寸

作诗的人，在门头沟的谚语上，涂抹风雅颂

从风的透明里，从山的情韵里，我看到了我的灵魂

是我，不是我

一尺佛的湿润，洁净着门头沟与我的灵魂

佛落门头沟，寺院里的钟声从佛经起身

滴答滴答的，叩击着葱茏的时光

在潭柘寺，抑或戒台寺，小心摆正你身体的每一块骨头

打开自己内心的程序，与清风禅境

听佛的心跳，在门头沟的腰上，种植醍醐灌顶的经文

潭柘寺的钟声是门头沟的主心骨

一千七百年了，不贪恋春风得意，不眷恋红尘三千

唯有那些古道，在指引香客的法门

不问源头，源头在佛中，抑或心上

不问归宿，归宿也在佛中，抑或心上

戒台寺，泊在桑烟里

经幡，戒坛，奇松，佛塔，殿阁

是佛种在岁月深处的初心，指向帝都的中轴

几缕钟声，几声鸟鸣。寺院隐山，摩岩归心

这里的每一茎草木，都清修了恻隐之心

木鱼声声里，门头沟的佛心就地重生

一花一世界，一山一昆仑，一寺一江山

纷飞的杂念，在每一个梵音中隐去

把丢失的暖词汇集起来，用拂尘抽出钉子的疼

然后，一片洁美的圣洁渐次铺开，像月光

在 1455 平方公里的涟漪里澄澈，雕刻着虚无

闭目静思，一切喧嚣变得仓皇

虚无缥缈间，佛把最经典的智慧瓜熟蒂落

让雾霾充满辉煌的隐喻，软语呢喃为禅寺里的呼吸

门头沟的两座寺庙

杨海蒂

戒台寺

对戒台寺的心驰神往

来自恭亲王

当四海称雄的爱新觉罗·奕䜣

从权力顶峰跌落

一头被拔了牙的狮子

梦游般来到京西

这座全国最大佛寺戒坛

安身立命

皇子、重臣、三朝名王

为大清挽狂澜于既倒

曾经有多么辉煌

此时就有多么悲凉

他刻骨铭心体悟到

世事多变　诸法无常

侍花木　阅金经

青灯古佛　暮鼓晨钟

十年修行　魔消佛长

"金紫满身皆外物，文章千古亦虚名"

何等的大彻大悟

读之令人摧心裂肝！

从庙堂到庙宇

从权倾朝野到"我佛在上"

恭亲王　有了两颗心

一颗流血　一颗宽容

高贵的灵魂

总是与痛苦相伴

"天下第一坛"钟声悠扬

传来法音：戒　定　慧

灵泉禅寺

没有过哪座寺庙

让我心灵如此震撼

一堵残墙　一扇破门

一丛衰草　一棵大树

几乎就是它的全部

更别说像戒台寺　拥有
色彩盛大的康熙题匾
雕龙绘凤的乾隆手书

灵水举人村的灵泉禅寺
或许是世间最破败的寺庙

拱门上的华丽浮雕
诉说着它的辉煌历史
后院荒芜的娘娘阁
暗示着它的异乎寻常
面对人间沧桑
我黯然神伤

世间的一切
最终不过是虚空

灵泉禅寺　你以
性空为瓦　般若为砖　悲智为梁
方便为门　　六度为梯　菩提为顶
让我顿然醒悟
高远天空　是无碍的真如
温暖阳光　是佛陀的加持

欣然而见
寺中灵芝柏　老树发新枝

京西印象

胡　玥

树木高深

通天地人和

风在身后十万火急

大树前头草木葱绿

万古皆梦

在春天，大梦醒时

生命无时不充满着生发也充满着失散

泥土、松枝、花草、鸟的羽毛和虫蚁们

各有来处和归途

山涧之间

独木成桥

古老之树都似神物

让我们心怀感恩见证不朽

每一棵古树都心怀尘世梦想

梦见儿女绕膝子孙满堂

山里，风恁任性

扯着云朵跑一阵

裹挟着漫天飞花舞一程

树叶花草

崖上青石

无论柔软还是坚硬

悉数随风

走散的石头寡落爨底下

聚义石头城堡

个个都成好汉

挑水劈柴生火做饭

烟火梦浪一般

鸟雀仍在枝头

一群树叶和另一群树叶

在四月风光旖旎的清早

簇新鲜亮

仔细端详每一片叶子

自成一体　首尾相连

世界的格局也不过如此

今天聚焦树叶

明天聚焦鸟儿

花团锦簇

草叶春深

蛙在不被聚焦的水下

有一声无一声的轻吟

只歌风雨

不叹世事

鸟雀和青蛙
花团和树木
互为锦绣
波光潋滟
依旧江湖

鸟儿掌管大树机枢
但听得慢扭扭吱嘎一声
树里门开
灵山灵水
别有洞天
古时侠客打马而出
一匹白马挣断缰绳
马消失的尽头箭簇如林

京西古道
皓月当空
天地万物皆为源缘
一盏清茶　明心见性
白莲香烛沿河而燃
水拍石磬
云里丝竹如韵
琉璃冠顶

筝琴笙萧古音稀薄

声声飘入百花人家

妙峰山碑石欲语

永定河水流不息

我附身低头向土地叩谢

土地上站着日渐长高的孩子

蓬勃向上

门头沟，诗意的图腾（组诗）

李迎杰

长着翅膀的蓝天

我相信　军庄的天

总是这样湛蓝

湛蓝得让心柔软

甚至长不出一句怨言

站在这样的蓝中

就像站在海岸

诵读海洋

诵读浩瀚

仿佛看到了风帆远航

看到了游子归来

浪花翻卷

白云之上

不再贴满邮票

抑或印满乡愁

轻轻的白云

一会儿做我的羊群

一会儿做我的甲板

每一个清晨

太阳都给山村的面颊

吻成了绯红

因为蓝天

军庄和外面的世界

说近也近

说远也远

其实　只有我知道

和蝴蝶蜜蜂一样

蓝天是长着翅膀呢

长着翅膀的蓝天

落在尘缘

落在军庄

落成了大美和奇观……

又见梨花

河水　像孩子嘴角的口水

顺着春天流淌

流淌在艳阳里

便成了风景

流淌在心里
便成了秘密
在孟悟　这些温柔的水
点点滴滴幻化成了
色彩斑斓的羽翼

在节气的上游
看不见惊蛰
从什么时候启航
以什么形式落笔
在清明的下游
找不到水流
回眸的方向
听不到疲倦的叹息
这就是孟悟村
曾经给我的记忆

老梨树仪态端庄
风骨依然嶙峋
一树树梨花呀
开成了春天的模样
开成了绝美脱俗的村容
开成了蓬勃旺盛的朝气
而让我不断地
惊喜　致意——

京白梨和一群守梦人

在自己的土地上

播撒的奇迹

让我们　以诗的目光

收获一座山的寓意

收割一朵云的命题

让我们以蓝天同样的情怀

在孟悟　吟诵南坡

五百亩生态园的壮阔

休闲养生　快乐农家

枝枝杈杈遥相呼应

和香峪　东山呼应

——敲响威风锣鼓

——唱响贡梨的今昔

是的　百年御梨传说

京西红叶古道

以及古道上的足迹

这是孟悟村

最美的诗意

多少个春秋之后

如果回味

我相信这一切

不仅仅是甜蜜

你看　孟悟挂满了汗水

汗水顺着记忆流淌

淌成了河流

淌成了四百年的碑文

淌成了花开的意义

你看　一朵朵梨花开了

一朵朵梨花　甜甜的

甜甜的　开在心里……

在血脉中行走的古幡会

风　在山口迎候

千百年的民风

和山水间的晨钟暮鼓

脚步牵引着脚步

善念牵引着善念

走近庄户　走近千军台

一步步　我在人群中

和所有的沙尘一样

落成民俗

落成芸芸众生

或者一朵莲

采煤的时光

仿佛一下子从地下喷发出来

石头垒造的民居

是挖煤人祖祖辈辈的叠影

是蹒跚的生活

和简单的脸

古幡会　点亮了

只有黑白的世界

和山里人心头的灯盏

草木不肯发芽

风也停止了飞翔

就连一排排的房檐

都静静地守在这里

人心皈依成幢幢幡影

迎神娱神　祈福人间

风开始行走了

风声簇拥着古幡

幡开始行走了

幡行走在心之上　无岸无边

在九旬老人的掌纹里

滋养着传说　滋养着寒暖

在窄巷和屋脊中

深藏着敬畏与庄严

一场幡会

打湿了翅膀

打湿了思想

——于不经意间

大山深处的人

是我心中的神灵

守着平安　守着善念

我将在每一朵山花上盘旋

不！我已经开始盘旋

开始躁动　在早春

在每一个　每一个

月圆的夜晚……

门头沟，一份乡愁的古老札记（组诗）

王太贵

永定河，借我泅渡虚妄的尘世

一条大河奔放的秉性，曾多次篡改过姓氏和典藏
来自的汛期的喘息，在打盹儿或者祈祷的片刻
就逼退了几只水鸟写意的想法，河水永定下来
皇帝敕封的口令，为一条河流审定了户籍上名字
清流来自燕山峡谷，迁移的路线，却指向国都腹地

山石已经风化，群山耸立的源头，河水持续着呼喊
每流过一程，总会有朝觐的目光相随，龙王庙里的香火
借助涛声，推开了一层层烟岚，我们无需追溯上游
泥沙俱下，在《水经注》里虚拟轮回，如果需要翻译成
白话文，可能会丧失漂流时的激情，水清如诺言

携着尘缘与福泽，永定河一路奔波，门头沟储存了
亿年的传说和怀想，跟着流水，去梳理新的美学意义
两岸的古道，走出了多少兵匪、香客、商贾和僧尼
古村落里，盘坐的举人、奇树、古庙，低于明月
历史松散的骨骼，需要永定河的浪花，一一串连起来

水是原版的，涟漪却似仿古的，垂钓的人纹丝不动
在细雨中，很像我写给永定河的一封旧信，邮戳在水底
这么多年了，一尾北方的鲤鱼，始终耐得住时间的打磨
荏苒和虚无，从桥下流过，就算马致远的昏鸦和瘦马
也无法叫醒沉睡的立场，水量、流速、落差，内敛了许多

妙峰山下的永定河，一只幽暗且凉爽的巨大水箱里
备份了消夏避暑的经卷和清风，山峦的倒影极其单薄
我的一声惊叹，似乎轻易就能捅破，桨和橹代替笔墨
在永定碧波上，绘出一幅绝佳的山水画，白云隐入峰巅
我喜欢的岑寂、清澈、高远，都涌动在妙峰山下的河水里

如果撑一叶扁舟，就会在永定河的波澜里流连忘返
欢腾的波浪，一次次给两岸的村落，送来锃亮的钥匙
柴门的院落，能同时容纳下星辰、水纹和舟楫的尾声
从峡谷到唇齿，永定河已找到失传已久的喉咙和声调
其味甘甜，其音济世，我借此水，泅渡虚妄的尘世

妙峰山，野花清香了以手加额的朝觐

山下永定河正沉湎于回忆之中，我深知独自登临妙峰山
凭栏远眺，是一件多么危险的事情，由来已久的惦念
在一簇簇缤纷的野花面前，缴械投降，俯首称臣
以河水为梳妆台，梦里的象征完成了仪式，我窥见
四季常开的花束，玫瑰、丁香、杜鹃、茉莉和金针

在时间之蕊里，排列出一座山不堪回首的海拔节序

往事零落，六百余种草木植物，演绎着美的传说
怪石和奇松擅长拯救，一些余晖，像古典的朱漆
涂抹在山水窈窕的线条上，一些心急如焚的蝴蝶
像从宋词的一场约会里抽身而来，纷纷赶赴妙峰山
为正在祈福的善男信女，逐一拍遍走向憧憬的路途
落花压低了流水，眷属或者皈依，斜插在庙宇檐下

念去去，多少情丝待剪的斜阳，从竹简、丝帛、线装书
里飞逸而出，五峰八亭架构了辽阔而深远的孤寂，一个人
要学着消磨体内的戏文，并在登高眺远中，抛弃孤愤
锦绣峰和笔架峰之间，要么有一炷香的距离，要么花枝摇晃
山脚下春光易逝，一草一木都心有所属，忧伤终有安慰
某些无法描述的愿景，适宜在玫瑰园里泣诉衷肠

拾级而上，无数鸟鸣啃噬过的光阴，在山路上
铺排出婉约的俳句，有人一步一叩首，香火萦绕
在娘娘庙上空，雾霭与晚霞如巨大谜团，信仰大于
苍穹，心怀善念的人，在妙峰山的黄昏重生了一次
哦！我渴望的信念、纯粹和迷途知返，在这里
竟然被一朵野花，悄悄阐释，夜半生出真理的露珠

雨水将妙峰山的体型，梳理出岁月的痕迹，依山取势
十四座殿宇供奉儒释道，祈愿的心灵，消去万古愁

有出岫的云彩，不断归来，人间丰饶的秩序，因为信仰

而稳如磐石，五条香道，疏导了多少未知的生活，古往今来

我不是第一个在连心亭丢锁的人，崖底野花葳蕤，妙曼花香

惊扰了芸芸的香客，以手加额的朝觐，更显清香袭人

碣石村，安放了一枚石头的相思

日影迟迟，车程迷失于窗外的风物，京西古道

熟稔一段老戏的脾性，在日落之前，碣石村借助

微凉的风声，摩挲着村口每一枚石头的乳名

高德地图显示的路线，显然是有悖于返乡的途径

三两只山羊，它们集体的凝视和咩叫，纯粹而干净

我的眸子、耳朵和心是空的，碣石村的美学如同虚构

能让那些大石头开口说话的，只有暮晚的蝉鸣

窸窸窣窣，如一些斑驳的文字，从石碑上摔下来

历史在这里有了松动的想法，十三陵碑文上记载

碣石村曾经有高、何、于三大姓氏，谜团就在这里

耽于沉默的石头，与古树稠密的枝叶一起，不愿意对

记忆有所承诺，坡陡弯急处，厌倦和热情此消彼长

古老而温婉的活法，隐身于四合院内，编筐的老人

将一条竹片，轻轻划过刀口的利刃，旧事无曾提起

缠绕指尖的，是碣石村寡淡而恒久的古风，而冬天

装满白菜的铁皮桶里，仿佛秘制了祖传的味蕾

抵达碣石村，一个单门独户的小院，就足以悦纳
所有的朝思暮想，木门上的裂缝，释放出怀旧的气息

一堵墙上刻画着"碣石八景"，如果逐一寻找下去
我会误入古槐的体内，蝴蝶飞翔的姿势，像把钥匙
一旦打开树干密纹的唱片，是否会惊扰树下的石碾？
作为古村落的标配，被影子和二维码绑架的碾子
多想动一动发霉的乡愁，它无法活在自己的转速里
时间凝固，天蓝得诡秘，碣石村固守着命运的轨迹

村落里，五十六眼古井，犹如土地遗忘的子宫
真诚和幸福永远甘洌而充盈，有人在井沿旁
摇动辘轳，试图汲上一桶尘封的波澜，月亮骑上山坳
美有了属于碣石村的定义，柴扉洞开处，挤进来
狗吠和炊烟，护坡的山石，有助于遐想和回忆
而雕花的窗棂，开合之间，走漏了碣石村古老的身世

牛角岭上的蹄窝

许 震

在时光的河流里
蹄铁敲击着石板
心房撞击着石头
传来一阵阵声音的嘶鸣

在坚硬的岩石上
在男人的叹息中
在女人的企盼中
这企盼始于盘古开天
这叹息回荡了五千年
一直，声如洪钟

一步一咬牙
一步一脚印
一步一口鲜血
牛角岭上响着轰隆隆的雷声
那比拳头大一些的蹄窝呀
一直让我隐隐作痛

2017. 4. 25

我，一个灵魂的孤寂者

不知是被马致远的魅力所吸引

还是被强盗彪悍的目光所劫持

抑或是被香客们的虔诚所感动

沿着西风瘦马走过的路

怀着横竖不说一句话的决心

以骡、马、牛和骆驼的姿态

在"嘚，嘞，驾，喔"催促声中

把手脚按进青石的窠臼里

学着骡、马、牛和骆驼的样子

匍匐着来这里来朝圣

我们自西向东而行

一队军士

一行马帮

一组香客

时空交错

人畜两旺，熙熙攘攘

武士和信女，你来我往

游客和马帮，吵吵嚷嚷

同向或者逆向

心脏或者远方

都"哒哒"地行走在你坚硬的脊背上

这里，凸显着武士顽强的力量

这里，流动着皇城的温暖和希望

这里，照亮着善男信女的脸庞

这里，放飞着游客的好奇和梦想

这里，一眼望去，连接着地球的东方和西方

微风处

一位青衣女子

箪食壶浆

这是最美妙的干粮

阳光烈处

一位青筋汉子

脚蹬蹄痕，汗流浃背

仰望苍天，辘辘饥肠

远处呼啸的山峦内

窃贼正算计着贪婪的欲望

我的父亲正在劳作

我的母亲织布采桑

脚印产生想像

蹄窝把过去像放映机一样放映

走过来一匹骆驼，山顶是它的峰

升起一轮圆月，犹如那叮当作响的铃

滚过一声惊雷，它是爆闪的东西方文明

我看到古罗马商人从欧洲走来

我听到阿凡提在一字一句地讲解古兰经

后边是雨，前边是风

这里穿行过多少野夫莽汉

这里走出过多少豪杰英雄

源头和尾声，交互辉映

历史和未来，再次相撞

门头沟区委的"一带一路"呀，照亮远方

我是臧克家笔下的《老马》

我是马致远曲下的西风

我是我自己

我从山东来，住在北京城

我从牛角岭上觅到一匹战马，正准备行空

蹬着蹄窝，顺着阳光铺就的轨道，向着梦想远行

门头沟，打开在京西的一册山水画卷（组诗）

西北风铃

题记：门头沟，一册打开在京西的山水画/你优雅地穿行在，色彩与色彩之间/线条与线条之间/不断翻新，日子的日新月异/让京西大地，充满了动感

迷醉百花山

一朵，百朵，千朵，万朵……

你青葱的头上，遍插花朵

——数着数着，我把也自己数成了一朵花

什么颜色的呢

数着数着，鲜花就从眼眸开进了心里

多美的意境！

而我还是无法清点出你内心

辽阔、丰饶的幸福。百花山

你为什么隐藏了那么多缤纷和绚烂

你难道不知道，赏和被赏

都是一种幸福？

而每一朵幽深的花香里

重重叠叠

还隐藏着那么多串鸟鸣，和虫唱

都是易于弹拨的琴弦啊

心一颤，哗啦啦

滴落成一坡，透明的音符

折射出一座花山

积淀千年的生态光芒

千红万紫，万紫千红

花朵，集体迷了我的双眼

这是你的魅力所在吗？

看不见你的真面目

我只听见花朵们，争先恐后

而又从容自若，打开自己的声音

听见花香的离子，一波推动着一波

在平平仄仄的诗韵里，汩汩流淌

撞击出心灵本真的回声

在马致远故居

流水，还是唐宋的流水

小桥，也还是元明清的小桥

而覆盖它们的阳光

每一寸都像新收割下来的

散发着缕缕香甜的味道

"枯藤老树昏鸦……古道西风瘦马……"

《天净沙·秋思》里的悲凉情调
被阳光的新鲜——涂抹

山河，不知不觉
送远了多少曾经的主人
也更改了多少，故事的主题
让我们来深切缅怀

也许过于钟爱，时光
在这里放慢了脚步，甚至
驻足不前
花朵各开各的，鸟儿各唱各的
对远道而来的我，视而不见
仿佛知道我，只是门头沟
一个匆匆的过客
仿佛不知道我，缅怀的是一个自己
多年前，孤单的影子

戒台寺之戒

虬龙的松枝，是寺院的另一道围墙
抵住四面风声，事实是
内心的老虎，一只只全部受戒
皈依于一朵古朴的莲花

铜香炉里，青烟茂盛如满山草木
潮湿的阳光，松散地铺在青石板上
那是僧人在晾晒一卷
千年前就打开的经书

经书里的字迹，被木鱼声磨损了
偏旁，和部首
只有一个"戒"字，越磨越清晰
散发永恒的光芒，不容篡改

吉祥永定（组诗节选）

荒原狼（曹立光）

一

你不是水，不会懂得
澄澈的遮蔽之美。重生的芦苇
淤泥里探出菱白的身子
早耕的人们身背农具
他们低头，面对土地
懂得敬畏
虔诚，眉宇间有清明的绿

婆婆丁开黄花，青草岸边
抓蚂蚱。光脚丫的男孩
挂有东胡林人的螺壳项链
清脆的童谣仿佛圣洁地流淌
破土而出的庄稼
生长，不需要施肥
落地摔八瓣的汗珠是奖赏

二

魂灵抱紧泥土

我无数次在典籍里垂首缓行

跟随水流的方向

跟随父亲的影子

倾听脚掌拍打日子的声音

黄昏里的众神

面容模糊，炊烟般亲切

出土的必须再次埋掉

青铜剑、青铜戈、祭祀的神台

这不是一个抒情的时代

这不是一个英雄的时代

镀亮的继续光耀

卑贱的，高贵的，开花的

正在结果的，帝都的夏天

三

公元二五零年，刘靖屯兵幽州

修建车箱渠和戾陵堰

于境内三家店处引漯水入高梁河

尘土、粮食、血缘、乡愁

终于在死者的沉默中尸骨还乡

建兴四年潭柘寺拔地而起

唐武德五年戒台寺迎风破土

历史需要晨钟，老百姓需要暮鼓

执政者需要盲从

只有水，知道自己的信仰

畿上塞围、北魏长城

欲望的牢笼

唐兴隋亡，燕云十六州是辽土

宋、金结盟是不是好买卖

只有水，知道自己的清白

四

面对水打捞水置身水

我们能醒悟什么又能抒写什么

两岸的悲欢被唢呐吸尽

怀抱族谱的年轻后生

你不能成为马致远的西风瘦马

家族的窑场需要火焰

燃烧的火，沸腾的火

大地红噼噼啪啪炸响的火

赢弱需要补钙

腐朽腐败需要刮骨断腕

丰收和节日永远是良辰吉日

老百姓眼里有黎明的光

跟随浪花，沿着河道

在花瓣上有露珠生成的日子

你沉默

把途径身边的太阳次第点燃

在柳笛的音符里

翻出鸟鸣、清风和湛蓝

门头沟心灵史（节选）

韩玉光

题记：去获得，去失去？　为了什么，如果这世界无论如何将忘记我们。　——米沃什

一

这一生，已是人到中年

从生活之门到命运之门，依然远不可测。

有时候

身在何处，已经无足轻重。而心在何处

一直是迫在眉睫的大事。

在没有门的地方开一扇不二之门

天门山门心门

开门，是不是，可以望见无形之大象。

——芝麻，开门

——西瓜，开门

应答我们的，除了流水，还有浮云。

一万年，等于须臾。

我如果将门头沟当成一座门，入门即入心，入心即入梦。

一梦千年，一梦万年，一梦亿年

一梦，永远在时间的前面，像圣者拈花一笑

引领我们穿过时间之门，一个人过去了

一群人过去了，又一群人……

过去了，生者，死者

没有谁，真的看破过生死

露珠还是露珠，草叶还是草叶，无非是

此露珠非彼露珠，此草叶非彼草叶。

一个人在山水之间

相交者……都是知己。

"东望都邑，西走塞上而通大漠"

一朵花，足以容下三千世界

一粒沙，可以开启一座沙门。

二

我们互相认识一下——

我，山西人

你们，东胡林人。

不知春秋，不知战国

不知秦汉、魏晋、隋唐、五代，不知

宋、辽、金、元、明、清，都无关紧要。

重要的是，我的骨头里一定有铁

要不这么多年

命运为什么反复给我淬火，人间一定藏着

一块隐形的磁铁，要不，我怎么会无缘无故被吸引。

月亮下

新与旧

不单单是一件石器的命名方式。

昨夜，想起贾淳

让李白把酒问月——

"今人不见古时月，今月曾经照古人"

为什么，老去的是我

一个望见天命的中年男人

是你们，黄土台上分食鹿肉的东胡林人？

为什么

月亮的盈缺，等于人间的离合？

一万年，究竟有多少新人旧事

在争分夺秒？临别前

让我们来交换一下礼物吧

——任何一次相遇

都可以看成一次面壁的良机：我收下

你们的小螺壳项链和牛肋骨骨锡

这些旧物。

你们拿走我的手机，拿走我心头芦苇般萦绕的虚空。

看见那扇弯如月牙的门了吧

我们还会在那儿

不见不散。

三

清水河

永定河

合力写了一个"人"字，还是"人"字

我不说。

有了水，门头沟

宛如临水照花人，让尘世的尘埃从此断了念头。

田寺村，一树扁杏刚刚黄了

燕家台村，三百年树龄的核桃又熟了……人间的果实

总是……多于被看见。

有了水，水果就有了一生二、二生三的因果。

我历来喜欢

那些带了三滴水的汉字——

波澜，清澈，澎湃，荡漾，温润……

它们滚滚而来，它们浩浩渺渺，它们滔滔不绝

它们深浅不一，浓淡不一，然而

就像美，容得下汗水；就像爱，容得下泪水

就像真理

容得下血水，就像清水河入了永定河

就像永定河入了海河，海河入了渤海，渤海又使劲往天上

流……

我还是无法说出

流水的去向，百川争流，争的，无非是一个"净"字……

我随清水河

走过小小的一段路，我随永定河

又走过短短的一程路。

不必走了，门头沟

有一万年的回头路，但它只回头望了一眼

这一瞥

多少浪花，不计后果

烈士般离开了水面，为鲤鱼，搭起了登天的龙门。

东宫，那个遥远的地方

胡德艳

那个地方的山很高

天却很矮

伸手可摘到空中的云彩

那个地方的路很长

却也很窄

那山花挤窄的小路啊

像平平仄仄的诗蜿蜒在山旮旯儿

山旮旯儿里到处都有诗花盛开

第一次走进那个叫东宫的小山村

疑是走进杏花村

因为那满山遍野的杏花

正在春风中摇曳绽开

从此那诗意的山村

就在我的心中矗立到现在

那是我永远的老家

永远的婆家

哪怕那个行政村在地图上消失了

那故乡的诗意却还在心头徘徊

那个叫东宫的小山村哪

藏着太多的诗意

那里让我产生过太多的留恋和感慨

追根溯源，早在新石器时代
人类便在那里安营扎寨
是在清朝年代
高家的祖先从黄帝城
那个叫矾山镇的地方
迁徙到了那样的大山里
是情愿还是无奈？
从来不想当山大王的高家人
却刀耕火种修路造田
火了京西那一带
牛羊满山五谷丰登
日子也算美哉快哉
小日本儿把房子烧了
山民再往起盖
为了打击侵略者
几多儿女打到长城内外
有的升了官，未必发财
有的却再也没有回来

新社会，几多人走出山门
城里的日子自然过得痛快
在山里种地也不算没能耐
梯田捧出了太多的庄稼

枝头捧出了太多的花果

日子过得有滋有味丰衣足食

精神不缺，人也不缺钙

水缸里冻着坚冰

炕头上的豆芽却长得可爱

房顶上冻着冰霜

炕头上的娃娃却热得把被子蹬

红金陀高，可望见北京城的灯光

狮羊沟窄，走出去还能走回来

一口京剧把野兽吓跑了

野鸡飞起的刹那很精彩

煤油灯点了多少年

把多少父老乡亲的头发熬白

电灯忽然亮了

灯下自然还有悲哀

石碾子石磨转进了历史博物馆

一切似乎都可以用电代

四面都有山花烂漫

爱情的花朵也不断盛开

东宫有那么多木材

也出了不少人才

那一口甘甜的水井

养育了儿女多少代

东宫那个大大的场院

五谷堆成山有多气派

东宫有那么多的梯田

像神仙也数不清的麻将牌

东宫有那么多的骡马牛羊

疑是一朵朵天上的云彩

东宫曾有那么多的肥猪

猪肉炖粉条是老少最爱吃的菜

那里船难行车难开

背，是四季摆不脱的重载

虽然讲卫生不在嘴上挂

却夜夜繁星闪烁

不乏白雾缭绕

没有一丝雾霾

吃的是五谷杂粮

却很少生病闹灾

东宫满山遍野都是草药

阡陌地头都是野菜

东宫人打江山不惜热血

保江山稳坐钓鱼台

敢把诗文传天下

敢让山河再出彩

莫道祖先选错了故乡

故乡的选择没有胜和败

莫道太行那边远

永定河就是我们的脐带

山山岭岭是我们的血脉

无论走到哪里

那里都是我的老家我的婆家

那一棵古老的大槐树

永远延续着高家的人脉和根脉

那一口古老的水井

还在滋养着高家的后代

那个古老的小山村

诗情将会更浓

画意将会更多彩

无论何时回眸京西

那个邮票大的地方

都是我故乡的永远所在……

坚硬的内质（外二首）

谷　地

坚硬的内质

这绝不是什么风景

你无法相信

这石头上深深的坑穴

是骡马骆驼踩踏的蹄窝

崎岖的古道

盘旋的飞鹰

商旅的铜铃

咳血的马夫

驮起百花山的清新

驮起沿河城的险峻

驮起王平镇的秋思

驮起灵水村的举人

走进这斑驳的古道

贴近这深邃的蹄窝

这些光滑坚硬的石头

这些浸透泪水的石坑

石头和石坑的皮肤

和我们的皮肤一样

泛着灰黄色的光芒

石头和石坑的纹路

和我们的掌线一样

错综复杂

石头的深处

石坑的内心

装满艰难困苦

装满信念坚韧

越过灰黄色的光芒

越过错综复杂的掌纹

越过沉重的心事

领略一块块

可信赖的石头石坑

最终亲近它们

知道这条路

布满荆棘

知道这条路

埋伏险恶

每一步　每一步

都有倒下的壮举

为了百姓的吃穿

为了乡亲的油盐

为的是皇城的冬季不会寒冷

为的是永定河水永远安定

马蹄呀蹄窝

坚硬得如此柔忍

柔忍得这般坚硬

坚硬是门头沟人的内质

柔忍是门头沟人的情怀

古道黄花

责任重

古道长

商旅渐行渐远

驼铃传来回响

最动人最震撼　蹄窝深处

一簇簇鲜嫩的蒲公英

眨动明亮的眼睛

问历史问长空

待到秋天收获时

乘一把小伞飞翔

诗意门头沟

门头沟的这个春天

诗意在荡漾

葱绿覆盖了一座山岗

又一座山岗

花香从这条山沟

到那条沟　　流淌

井屋鳞次的挖煤天车

停止了转动　　绿藤萦绕

再没有万家灯火的景观

更不见煤一样黝黑的脊梁

永定楼气宇轩昂

倒映在永定河水

柳绿花红的广场

舞姿翩翩歌声悠扬

古道口新建的村舍
高墙大院两层楼房
村民们正忙着搬迁
先把大红的福字贴在门上

三禁碑下老汉的悠闲
古戏台前老妪的安详
退休回村晨读的长者
河滩柳林写生的姑娘

太平鼓敲动新的步履
古幡旗擎起绿色希望
和谐宜居滨水山城
全域景区百里画廊

春天 结满诗意和芬芳的门头沟（三首）

刘　剑

门头沟　在京西被喊得山响的名字
暮春时节因一大群诗人的到来
结着漫山遍野的诗意和芬芳
采风　采风　采着九级的漫天风沙的大风

风沙过后　潭柘寺　戒台寺倒映在永定河激滟的眼睛里　就从
这里开始
京城来的　河北来的　更有浙江来的诗人
春天总是以芬芳的名义　招揽蝴蝶　招揽蜜蜂

大山舒展　鲜花舒展　树叶舒展
招揽的是诗句　是诗歌上的皇冠
这里百分之九十八点五的地方是山地
是最初的贝螺壳制成的项链
是用牛骨或者马骨穿成的骨锡和胸针

一颗颗星星在天上闪烁
一万颗虔诚的心在地上拱卫着　守护着
炽热的心灵足以配得上这片火热的土地
不信　你到灵水举人村看一看

那一个个金榜题名的莘莘学子

让莲花山上展现了怎样的瑰丽光彩

柏抱榆桑绘就了人世间万里的锦绣

京西古道　马帮驿站　我纵然相信你

有上千年　上万年的历史

你把璀璨的光芒像钉子一样凿进那深深的石阶上的蹄窝里

刀光剑影依然在迂回曲折千回百转的

石径上闪烁

箭矢带着飞镝　在这石厚田薄的山谷

嗖嗖的鸣响

里人走窑乞食　　长太息以掩涕兮

哀人生之多艰　求索之多艰　远足跋涉之多艰

百花山　妙峰山上的月亮在羌笛杨柳声中

变得洁白如玉

干完三杯老酒　沿京西古道上路

越过沿河城　夜宿爨底下村

马踏飞燕　西出太行

太行之路能摧车　若比京西古道是坦途

带着永定河的一袭涟漪

出潼关　阳关　玉门关　一路向西

从门头沟身披彩霞　心藏霜雪　一路踏碎

大漠的沙砾

虽筚路蓝缕　风餐饮露　九死一生而不悔

极目沧溟　我看到一片浩渺的寰宇

正传来一阵强劲的东风

我心存感激　面对这漫山遍野结满的诗意和芬芳

一叶梦幻的舟子　正从门头沟的群山深处

迎着太阳的光焰昂首驶出

京西古道怀古

马志远的古道　西风　瘦马

不知是不是这么一段

在门头沟　像从水峪嘴翻越牛角岭

经桥耳涧抵达东石鼓岩的古道　到底

有多少

当地人说　京西古道纵横门头沟全境

有商道　军道　香道

每一个深深的蹄窝内都翻卷着历史的

风云

我在品味着锈迹斑斑的铁掌的同时

仿佛看到了一支翻山越岭的马队

他们是跋涉的马帮商贾

还是保家卫国的军队

古道上的落日是世界上最美丽的落日

我看到一群鸟儿在飞向深山幽谷的密林

我听到沉沉的岁月伴随着苍茫的晚风

像悠久的马匹　在大山深处发出阵阵嘶鸣

永定河

说起永定河　就不用去说在北京的

那一段了

说起来真的让人窘迫

就像我们某些阶层的人从不吃

反季节的蔬菜和水果

而我也不会拿反季节的荆棘去刺激某些人敏感的神经

在门头沟沿河城的这一段

我却看到了永定河更为风情万种的

淑女的那一面

用清波　用婀娜　用荡漾　用婆娑不足以

描绘她的风采

面对那么多的诗人

总爱拿永定河当作北京或者门头沟

的母亲

但当我单独面对她时

我宁愿把她当作一个情人

春天是美好的　　门头沟的永定河是充满

魅力的　午后的阳光照在河面

我真的庆幸我们选择了这么好的时机

当然　最美的季节和最美的时光

并不单单局限于这一时刻

河面飞舞的蜻蜓和蝴蝶使裸露的岩石

现出了原形

京西吟
——门头沟叙事

王学海

我们在山脚与路口相遇　夜晚　院子的风声

时间的旧墙　挂着京西举人村

在这个灵水的地方

梦都由文字组成

不在乎到底出了多少

举人——那是村里知识的实力

就像那条通往京城的路

放开嗓子，撒唱一路爱文化的歌

石堆里傲气的古树　它不管人多人少　或冷寂降临

那些空的、满的

就似这个字，是门，是聚

是大，是火，也许又会被拆成空

今天尾随的一群群游客

他们脚下荡漾起的　是

收不回田野与山间的遗风

瞧远处起伏山丘的不平之心

看地下凹陷坑洼的落泪之处

你如何掂份量的深情　丢弃喧闹

同他们与心会合

穿过蓝天揽住苍白　明朗的豁口　天垂眼帘
我突然成了一头爬坡的马
似乎每一个早晨都会加添一份重量
晨露也燃烧起磨平的铁蹄，喘息
大气吞下的云雾，沉溺在了肚里
变成翻江倒海的波涛
推着我一直向上，一直向前　这时
我想起村东头二妹宽隆的胸脯
老娘亲横沟般的皱纹叠起在额头
西风一次次被我垒石般的胸膛阻挡
落在缝隙，长成牛角山岭

那一刻月亮突然翻身　变成了太阳
你让一排排垒叠的砖　在肚腹上
砌成了长城
又毫不犹豫地　裸出双乳
耸起瞭望的烽火台
为了祖国　就这样证明着你的忠诚
悠悠的永定河
在你脚下　流去千年的仇恨
淌回和平的宁谧
山门，凝固着所有的语言
水道载着世事，就注定

它不会一马平川

是的，你是历史的眼　引领后人的步伐
那些果子　成熟的与不成熟的
带着青涩和老黄，牵手我们
走过一个个生日的烛光
然后，在黑白之外的色彩里
再涂抹一切
让美与历史纵横交错在
中国唯一的门头沟

2017. 6. 16 晨

走笔门头沟（组诗）

马志广

聆听一条河的心跳

轻轻拂开

慌乱的浮云

惊散的马群

拂开尘世的杂音

去京西，去门头沟

潜下心来，静静聆听

一条河的心跳

轻轻叩动

一条河的门环

均匀的节奏

将群山敲出回音

将丛林敲出鸟鸣

将星辉敲出璀璨

将城堡和古道敲出情感

将岁月敲得悠远

水的舞蹈

用湍急与平缓

用清冷与澄澈

用立体燃烧的方式

展示旖旎与壮美

穿越苇甸

淌过浅滩

跳下断崖

冲积出另一片天地

冲积出广袤的田园

那散落沿岸的

不是座座古老的村寨

而是颗颗

熠熠闪烁光芒的珍珠

那粼粼耀眼的

不是潋滟的波影

而是句句

记载沧桑变迁的字符

石径上

深深浅浅的蹄窝

不是商旅艰辛的跋涉

不是风吹秋叶的独奏

而是不屈的人类

唱响的

一首高昂的歌

在京西

以一块煤的热量

释放激情

在京西

以一株草的平凡

净化心灵

在京西

用湍急和汹涌

用禅音和民俗

竖起一面河流的旗帜

让原本卑微的生命

同时代的脉搏

共振

古道谣

有路的地方

就有烟火

就有饥苦和喜悦

就有渴望和远方

就会写出一部

坎坷沧桑的历史

京西的山石

是岁月的鼓

被西风和残阳

被哒哒的马蹄声

敲响

一粒跳跃的火星儿

一串深深浅浅的蹄窝

一把日月轮转的尺子

硌痛古道的心事

衡量荣耀与屈辱

是弥漫的硝烟

是古刹的钟声

是商旅的驼队

赋予古道旺盛的生命

千万次的跋涉

磨平了晨阳暮霭

磨平了凹陷的思绪

在停顿的瞬间

点亮暗含的希冀

驼铃压弯的古道

被一声闪电般的长鸣

被穿透山脉的隧道

被急驰列车的呼啸

拉直

谷壑纵横的容颜

更换了

最初的使命

马　栏

嵌在山麓上的两个大字

是两枚红色的印章

将这座万山丛中的小村

烙上永不熄灭的火焰

斋堂，马栏

第四纵队，挺进军

在民族危难的时刻

撞击出惊天动地

铿锵刚毅的呐喊

走进简朴的四合院

走进 1939 年的硝烟

那位身经百战的将军

坐在小木桌旁

从容镇定，指挥英勇的战士

将日寇歼灭在山谷河畔

将红旗插到平北插向冀东

如今，那盏提灯还在

电话机还在，地图还在

将军威武的身影还在

中国人不屈的豪气还在

那棵老槐树还在

那条通向胜利的小道还在

斋堂英勇的人民还在

巍巍连绵的大西山

一座擎起历史的丰碑

马栏是丰碑上

一颗闪耀光芒的红星

在门头沟，我听到了唤我出征的阵阵战鼓

赵　琼

题记：——于一场春雪之后敬记斋堂镇"宛平抗日烈士纪念园"里的那些树

所有过去的日子

现在看来，都有定数

就像我来到这里，想要

拜谒山水

却遇到了让人猝不及防的

一场春雪

遇到了一片守着坟茔的墓碑

以及护着墓碑的

那些树木

这些树，生长于斯

日复一日，守着墓碑

像石碑下面，住着的

一心想着要拯救中国于黑暗的

那支队伍

春天里，它们以熏风的形态

拂开种子上面

那一层又一层的冻土

像父亲，抚去婴儿胎衣的

那一双大手

夏天到来，万物富足

它们又以成长和荫凉的

姿态出现

像母亲，对她的子女们

使尽的呵护……

每当季节，像它们所期盼的那样

颗粒归仓，硕果入户

秋阳拼尽最后的力气

仍不能帮着人间，留住

温度的时候

让我更加坚信

长在这里的每一棵树下

都有一位英烈

在此出入——

面对一阵又一阵的狂风

纵然，尽脱战袍

它们仍如生前一样

大吼一声

拔剑而出

今天，我来到门头沟的这个陵园里

春天呼之欲出，冬天
已到了尽头
一棵又一棵
孑然而立却仍在坚守着
大地的树
被一场突如其来的白雪
一片一片地凝结，还原成
一具又一具，形神兼备的
真正的脊骨

我知道，如果不出意外
这将是今年最初的一场雪
来到这里，借树的形式
祭奠故友
我站在林中，任山风如戈
仿佛听到了
唤我出征的
阵阵战鼓……

2017. 3. 6

山河永定（三首）

简　素

山河永定

1

有名，因为有故事
山如此，河如此
人亦如此

桑干泉眼开，太行山脉远
血源饱满，无声胜有声

山从无定，崇高为永定
太阳河，把丁玲和她的著作
照亮

2

以河的名义，居高临下
巨大落差，从幽州到旧窝庄
峰回水转，九曲十八弯

突破三家店的缺口，打通平原之路
点化石景山，放眼卢沟桥

3
永定河与山，是世人的一厢情愿
无定，才是河流山脉
真性情

与历史的脾气一样，难以捉摸
山若有怨，山必嘶
河若脱缰，河必吼
决口的文献，淹没史料

没有灵魂的河床，人气惨淡
曾让千百年来的统治者们殚精竭虑
如今新款汇聚，蓝天白云

4
搁浅的礁石，血肉模糊
另外一些小河，冲破禁锢
活水活路

春天来了，永定河的水
开始流动，除了石头
还有谁，不想继续歌唱

5

河水终被唤醒
清脆的圆舞曲洒向远方

鹅和鸭，一群舞者
在绿茵茵的水面，身姿曼妙

所有喧嚣，归于一条河一滴水
归于阳光，鸟鸣，归于风

6

沿途必经门头沟，永定河的水
看景听风
水静风止

诗人需要什么，宿命就创造什么
永定河边，自己寻找自己
风化的岩石，思想重生

庙堂

前往潭拓寺或戒台寺
进殿，必经爬坡向上

佛祖菩萨，这一座与那一座

凡人眼里，大同小异

环寺修行，松柏银杏
唯神明洞察来往
居高，望远

谁能与命运讨价还价
成今有古，佛居寺
神住庙

祖位在上，神灵可以不死
人为一口气而活

爨底下村

1
村庄大多隐居
如爨底下村，低至谷底

灶下避寒或避难，座北朝南
观景寓意的世外桃源

五百间　七十处，错落排列的
数字，层层递进

明清院落的韵致，沿着紫青石
砌成的巷路，缓缓坡升

2

一道墙把村子分出层次
冠布达拉宫的号，指京西方向

上下，清晰着审美高低
不悲不喜，不卑不亢

透出原始的本真，自生自灭
瓦楞草做自己就好

3

从一头走到另一头
浓缩四百年光阴

守着几十户人家
青石斑驳，青烟缭绕

八卦图里的一尾阴阳鱼
一笔历史，一笔现代

小村捧元宝，八方迎宾客

2017. 6. 2

用词语将门头沟的光阴装订成册(组诗)

胡云昌

永定河畔,我心甘情愿被一条河独钓

在门头沟,沿着笔墨的线条

我遇山画山,遇水写水

路过唐朝就吟诗,途经宋代就学作词

我用流水般的词语将门头沟的光阴,装订成册

永定河畔,我学庄周濠梁之辩

识鱼乐。数浪花。看两岸灯火日渐丰满

在柳荫下,我模仿门头沟的一场午睡

仅为梦见一只蝴蝶。作茧。不自缚

永定河流淌的是被大海遗漏了的波涛

这些出自燕山峡谷的流水,不再孤寂

涛声也不再无人问津,在门头沟酝酿新的美学

一只翠鸟带着北京的口音,从线装书里

斜飞而出,叼着鱼和落日

一叶扁舟,在波纹中迷路

撑篙的人两袖涛声，奠基了永定河的歌谣

涨水时，抄了浊浪的后路

切割了一条河流，泥沙俱下的隐痛

永定河流逝的时间，都是流水筛选后细腻的部分

留下的都是粗砺的，光阴的颗粒

一层一层铺在河床上，像垒积起来的深刻的尘世

剩下的波纹挂在永定河的前额，如果再加上一只宽大的手掌

那就是一条河在远眺自己的流向，与远方

前方的每一个拐弯处，都有无法预测的惊心动魄

而只有河床，才是一条河流的骨头支架

在永定河畔，我就是自己的河床

苟且的生活，拴不住一个自由的灵魂

我用永定河的流水，梳理自己一生的潦草

我的伤可以重新组合，诞生出新鲜的疼痛

我的光阴可以重新排版，签发一个不同的过往

或者清样一版未来的悲悯。那些正从上游漂来的汉字

现在就开始学会了忍住尖叫，将疼痛视为自己出

今夜，永定河倾倒出了皎洁的月光

像门头沟的一壶冰心，空灵，幽远

适宜为一个人，清热，解毒

适宜为一个人的诗句，活血，化瘀

今夜，永定河灌溉了我的诗行

我用深浅不一的笔尖，挑动了满纸的涛声

我用一朵浪花，将一条河流的美德笼于袖中

在北京，门头沟是永定河布下的饵

我手执鱼竿，却心甘情愿被一条河独钓

现在，我应该亮出掌心里的波澜

十指成岸。掌纹里行舟，两岸青山排挞

一枚惊涛拍岸之后，大河之水似乎就要落地成雪了

而永定河在门头沟的荡漾，也就接近了尾声

谁还在以风雅的手势，向下游推送波浪？

珍珠湖的静谧，是对俗世的一次剃度

在湖水里，种下天空的蔚蓝，种下万家灯火

一个手执星星的人，从千里之外，动身赴约

不划舟，不摇橹，只带一卷清风和一笔垂柳

把湖水引到眼里，从眼中找到蓝天

并用最蓝的一角天空，豢养一个人辽阔的晚年

湖面如镜，熨平了尘世的皱纹

一位静坐的老者，以身为饵，垂钓湖中的落日

他看见自己的影子，在湖里戏鱼，纯净得没有杂质

并以浮标的动与静，试探一个湖泊内心的暗流

天光云影，在珍珠湖里一直存有三尺留白

可沏茶，可礼佛，可入药引

医治人间的浮躁与喧嚣，皴染门头沟的天空

珍珠湖畔，蝉鸣收拢了月色

我用月华从水里，滤出了月亮的细腰

一湖水墨，前世的蒹葭出落成今生亭亭的美人

趁湖水还在铺陈暮色，借蛙鸣说事

与一盏渔火相依为命，一声声摸索着靠近故园

珍珠湖畔，一个人酣睡在月亮的一侧

珍珠湖养了满湖的星星，但只养得活一轮明月

月亮是原生态的，有野性，有原创的阴晴圆缺

有人安居于湖中，戏月弄舟，一生淡泊如水

满湖的星星，没有一颗打烊

每一颗星辰，内心博大，辽阔了一个湖泊的外延

即便有流星划过天际，也会滑落成湖里的一尾游鱼

落日把湖水，沏成了一壶禅茶

珍珠湖的静谧，是对俗世的一次剃度

满湖闪烁的星星，就是无数颗转世的心

我的这些文字，已被湖水快速养大

我希望它们，进一步沦为一个湖泊珍贵的遗址

每一粒汉字都怀揣一滴湖水的天涯，独享马蹄

用灵山的鸟鸣，储备自己和来生

这么多年了，山中的日月未显陈旧

日子依然新鲜，还带有一些露珠

在我的日记里，灵山就是一次次手书的呼吸

骑在牛背上的夕阳，一颠一颠走进了暮色

牧童的短笛，音色苍茫

在两个音符的间歇，挤进了一轮落日

那光芒模糊了一座山的仰望

我知道，有一些余晖的存在

今夜，灵山一定很晴朗

任何人坐在那里，都将是一帧风景

春风就落在他的身边，时光将一个人的背影

修成了正果。月亮醉卧山顶

人间的手势，在月光里打滑

在灵山，不愿醒来的，都是千古醉人

一轮游牧的月亮，给灵山牵来了

青藏牦牛，新疆细毛羊、伊犁马

它们在春天放牧，在冬日抱团取暖

它们的蹄印大有来历，却去向不明
但它们吃草的神情，十分专注
牦牛的反刍，有雪山的豁达
细毛羊的羊毛里，藏着戈壁的苍茫
伊犁马的奔跑，裹着天山的敬畏
所有这一切，都让灵山深入人心

一草一木都在，用匠心抵达初心
一声一声的虫鸣占领了灵山的海拔
像花儿一样，开放成一座山的悲悯

在灵山，我多想和一棵树站在一起
相依成林，居一隅而心怀天下的葱茏
以落叶的方式，昂首阔步

那棵结满了果实的树
一下就让灵山倾斜到了秋天
我想，一棵丰收的果树
不应该受到冬天寒冷的苛责

鸟鸣还在树林里堆积，比落叶还厚
这些嘹亮的遗骸，堆在地上
比腐叶清澈，并且不会水土流失

在灵山，用一枚落叶，延续对故人的打探
在灵山，用整整一山的鸟鸣，储备自己和来生

门头沟的山和水在纸上喊我

楚红城

在马致远故居

顺着一截石头路，拾起一挂枯藤，扶住一棵老树
和几只昏鸦谈心
天净沙，就在我的杯子里了

和马致远干杯，需要足够大的酒量
我的眼神碰撞向元朝
一个音、一个音
清晰地滑出唱腔
任凭灵魂坠地，发出清脆的声响

这声响，和小石桥下的流水声极为相似
时光是一位老人
他不肯挽留任何事和物
道一声别
任凭一首嘶哑的小令，在生宣的手抄本上，拴一匹瘦马

爨底下

四月的爨底下，写满石头墙

树木，溪流

鸟鸣

从两三行句子中醒来

放下锄头

呵欠声中，蔚蓝的天空伸个懒腰

正好有一朵白云飘过。这些泥土、石头、青砖砌起来的房子

管什么明朝的，清朝的还是民国的，

我要找一间住下来

顺便聊一聊旧戏台唱戏的女子

挂在如意客栈的一盏红灯提醒我，守住她的秘密

旧门槛

一大堆香椿芽说着俏皮话

搓一搓手

我是民国那年抬婚轿的汉子

诗意三家店

在三家店，梦似乎没有醒

从硬山清水脊拓开视角

往事一层层叠上去

天利煤厂只是一个代名词

那时候，乌黑的金子从这里出发

驮往京城

算盘珠子时不时地在拇指和食指间噼啪作响

一副眼镜差点从账房先生的低鼻梁跌下来

小葱，冒热气的豆腐

和刚刚摘下来的香椿凑成一堆儿

盘算自己的小日子

似乎跨山影壁还能记起一叠旧账单

殷家，黑漆的大木门敞开三十六间房的惊讶

与倒座房相连的目光

一对守护三进四合院的门墩，沉默着不肯回头

望兽蹲坐在黄琉璃瓦顶上。我不知道它在思考什么

换一种存在方式

古民居不古

读书声悦耳

山西会馆这四个闪亮的字眼，是无数晋商

用他们的长途跋涉，脑袋瓜子赚回来的

元宝顶，箍头脊，黑琉璃顶，垂兽，勾头滴水，旋子彩绘

这些快要遗忘的词汇

此刻鲜活起来

告别观音娘娘和二郎神

在龙王庙，我询问北方一条大河的行踪

没有人回答我。和吻兽有关的意象

挪动须弥座的坚持

香火从格子窗逸出来

当，清澈的永定河

安静地

安静地凝成一面镜子

我始终不能原谅，一个嘶吼的名字

一条奔涌的河流

再也不能在我的身体里纵横四方

捡起环绕水面的山影

诗页上

迁徙的遗失的奔走的都是我的痛和悲伤

门头沟的山

崔墨卿

你威武、彪悍

你挺拔、伟岸

风磨砺出刚强

雨荡涤出矫健

走进京西门头沟

便走进了十万大山

妙峰山百花山灵山……

山是葱般绿天是海般蓝

有的似擎天玉柱

有的似百丈狂澜

有的势若奔腾的骏马

有的是出鞘的利剑

就是山中的一棵小草

也是大树般撑起一片蓝天

就是岭上的一朵小花

也开出漫山遍野的妖艳

一座山一座绿色屏障

挡住了暴雪奇寒

一座峰一座百丈雄关

让来犯之敌丢盔弃甲折戟山前

遥想当年，明火执仗的强盗

闯进了神州的锦绣河山

石头要过火百姓遭涂炭

把中华民族推进血与火的深渊

门头沟的大山愤怒了

抗日烽火燃遍千古幽燕

中国人民觉醒了

四万万同胞发出惊天动地地呐喊

一座山是一座坚强的堡垒

攻不破摧不垮打不烂

一座峰是一座不可逾越的关山

让鬼子尸横山涧人仰马翻

一条条山中小路

是砍不断的生命线

多少优秀的中华儿女

从这里走向抗日杀敌的最前线

焦若愚大智若愚指挥若定

肖克将军决胜千里浑身是胆

共产党领导的抗日队伍

个个是铁骨铮铮的硬汉

山般的巍峨　山般的勇敢

山般的坚韧　山般的强悍

地雷战遍地开花

游击战捷报频传

每块顽石都是杀敌的擂石

每根朽木都是射贼的利箭

把十恶不赦的小鬼子

一个个送上了西天

妙峰山彰显神机妙算

百花山百花鲜血浸染

巍巍灵山稳如泰山

让鬼子望山色变闻风丧胆

走进今日门头沟

走进了不知有魏晋的桃花源

一座山一座花果山

一座岭一座米粮川

一幢幢新楼与青峰比肩

一个个新村与白云相携相挽

涧沟的玫瑰香飘四海

军庄的京白梨皮薄味甘

樱桃沟的樱桃大又甜

斋堂川的黄芩茶醉了塞北江南

古刹潭柘寺名声久远

先有潭柘寺后有北京城

已唱了百代千年

戒台寺慈航普度广结善缘

大德高僧从这里走向神坛

妙峰山佛光普照千百里

至今仍是人流如潮香火不断

定都阁耸立缥缈云端

饱览京西大地风云变幻

永定楼下长流水色彩斑斓

映出门头沟沧桑巨变

十万大山是十万支狼毫

老梅新花在文坛靓丽光鲜

马致远一出《汉宫秋》成大都绝响

一首《天净沙》堪称散曲魁元

小桥流水人家至今历历在目

枯藤老树昏鸦已成为历史的昨天

抗战诗人张志民

十二岁打起背包投抗联

《王九诉苦》《死不着》

唱得中国云飞霞涌晴了天

斋堂川走出了作家刘恒

门头沟的山山水水尽入笔端

《伏羲·伏羲》饮誉文坛

《秋菊打官司》竟显世间冷暖

女诗人马淑琴丽花迟开终成大器

山情水韵缤纷了北京诗坛

一生执着只为诗文

讴歌家乡山水像只啼血杜鹃

大山给了门头沟人

钢铁般的意志金子般的信念

百折不回的英雄虎胆

改天换地的宏图大愿

门头沟人给了大山

一座千古不朽的丰碑

一座孕育胜利的摇篮

一颗颗希望的种子

正在大山怀抱幸福地繁衍

北京是鸣笛启航的船

门头沟的山是乘风破浪的帆

门头沟：一卷京西最瑰丽的画册（组诗）

风 荷

引子

一卷京西的山水大画，天地合一

山，寺，河，湖，人，风格迥异的燕地大手笔

引领着我的灵魂

进入檐外烟岚和前世的梦境

一页一页往后，卷帙浩大的画册

山托举山，云烟氤氲诗情

水流进水，弦音涌动画意

向世界进发，门头沟泼墨的大气，宁静，深邃 ，旷远

灵山，水墨挥毫出人间仙境

轻轻吐出一滴墨

一座山便在马蹄上腾云驾雾

而后安静下来，携日月之光在北国绵长斜缓

而后又悄然生长，让躯体挺拔成2303米的高峰

挽紧西部的怀来盆地，太行山脉

京城的血脉，斜生出好梦

明媚的春天就挂上了灵山的一撇一捺

打马而去，我在墨香里

辨认野韭菜，黄花菜，鹿蹄草，京报春，七瓣莲

用樱桃红的唇朗诵一阕天净沙小令

用红丁香的美装饰一张画布

用尖叫杜鹃的香言说一座山的美德

根，茎，叶，花，果实是灵山的，仿佛也是我的

金钱豹，野猪，野山羊，狍子，松鼠

小兽们在山野奔跑，觅食，驮来野性的美

帝皇们曾围猎过吗，一座山应该写下过一段辉煌

山脚的江水河村，放牧着生畜

养育子民身体里的好时光

而顶巅的古长城遗址

石砌城墙的几根老筋骨，诉说着当年的狼烟

烽火台依稀可辨，刀光剑影一去不复返

而今废墟之上，一片鲜花开出幸福

我折一枝，细嗅她的体香

我愿变成甜的，与她共享一只花瓶

永远吐露芬芳

戒台寺，给了观画者一剂灵魂的良方

佛塔，经幢，戒坛，古木和 133 尊泥塑金身

千佛阁上坐神佛，石头们拜谒，朝觐

有智光普照，有松涛洗耳

神性的彩釉，在马鞍山

一阶一阶向上，向着佛光行进

钟声如雨滴，填满古道，经卷和黄昏的河谷

洗手，焚香，抄经，礼佛

深呼吸，赶走身体里的狼群

修复伤痕，戒台寺的慈悲大于一场雨，一个夏天

红尘滚滚，历史跌宕，朝代更替

建于唐代武德年间的戒台寺，一直是灵肉的高台

是门头沟生命的支撑

浑厚的梵音，通灵的秘语，这里是救赎

是照耀，是光之所在

佛陀时时在扶正被风吹斜的墨线，灯烛，歪斜的身影

施恩赐福，朴素的佛学

戒台寺开出的药方，一世受用

我从远方来，卸下心口上的泥沙

清理骨头，删除纸上的病句

让姓氏发亮，不辜负山顶那轮雪白的圆月

继而读古刹秘史，读满树新鲜的叶子

让写下的诗，像一群鸽子

飞翔在戒台寺的头顶

或者干脆就做一朵祥云

斜挂在探出的飞檐，斜挂在戒台寺的晨曦暮色

呼应素净的雪线，俯视苍穹下的桃源

永定河，是画里最铿锵的线条

一条河从管涔山走来

我从江南的河姆古渡出发，我们忽略几个外省

在卢沟晓月相遇

我终于明了一条河的坚定，你赤身裸体，以赴死之心赶路

不管干旱，断流，像我们的民族

三百万年啊，一条河经历了多少的苦难，厄运

然你猛虎一样的奔腾，夸父一样的执着

不管河床龟裂，也不管兵荒马乱

横穿二十五史而来

河水揽紧石桥，城郭，寺庙，撇开前朝的恩怨

风吹着你，也吹着两岸草木

任一个个王朝，俱往矣

时序更替，枪弹销声匿迹

岁月如诉，一条河蓬勃出厚重，大气

江山的龙脉依然，抬高百花山，妙峰山的气运

如自然之神眷顾烟火人间

是的，一条河在大地上复活

日月之下，带着门头沟的生灵一起奔跑

而今，"永定"两个字在额头发亮

永生安定，盛世美好，河底燃烧着青铜的火焰

一条河早已忘记悲怆和沧桑

而今，流水的腰肢更加柔软

系着明月的铃铛，在一张门头沟的大宣上

一条河的笔墨轻轻一挥，就长出莲瓣，锦鳞，佛烟

一个合欢的世界

门头沟情思（组诗）

古　草

一匹马在诗歌的前面奔跑
——写在马致远故居

我是在一片暮色中抵达的

依稀看见你在古道西风里独坐黄昏

几蓬衰草几滴雁鸣伴着早来的秋凉

和你秋思着　而那匹断肠的瘦马

几百年了　依旧在诗的前面奔跑

八百年的古道　五千年的月

凄风苦雨里　一定有一声江南的叹息

长长地走过乡愁在韭园上空沉重

我尊崇的诗人携一首小令在大地上行走

一路的风雨漂泊之后化为一片带雨的云

沐浴一茬一茬后来者的低吟

此刻　在故居　我想和你举杯成仙

夕阳已下山　多少天涯

岁月旷远　如果草木都繁茂地生长

我就是你的枯藤

石头的罋底下

就这样安静地静在明清的风雨里

几百年了　这些石头的房子

和睦相处地住在一起

石头的罋底下石头的世界

古磨　古道　蓄满传说的古井

离不开更古的石头

我一直相信　石头是有生命的

有的石头　太阳地活着

循春秋的时序随山的脉络起伏

这些石头房子　戍边的人

自然地与自然融合在一起　抹不掉的

古韵里　我看见老子端坐其中

我来的时候　你已醒来

无奈地听着那么多当代的喘息

罋底下　一百年　抑或

几十年　你还在吗

就要走了　谁借我半小时光阴

我想再看一看这些石头

一条河流着

康熙帝的金口一开　从此　永定河

和风雨　走过多少岁月和晨昏

若长长的丝线一条河流着

林子里是黄芩和珍禽　两岸是

沈周的山水　沿河那座小城

生发多少故事和传说　河口的

那些石头　可是诸葛排出的奇门

古朴的民居　大山的苍茫

若长长的丝线一条河流着

用苏女的柔指绣两岸风光

佑护众生的河神不老　十八岁的少女

柳绿桃红　我看见鱼鹅戏水苇草青青

我看见碧波　蝶的帆影稻菽

和麦浪　果园和飘香

永定河　一首跌宕起伏的诗　我

读懂了　定都阁的烟雨栖隐寺的晨钟

一条大河　在诸神之上

门头沟速描（组诗）

苏群辉

<hr />

百花山

登百花山必须亿万年的准备

有些东西必不可少

比如：带上东经 115 度和北纬 39 度

——即便坠崖失踪，也能精准搜索

比如：带上 500—2200 米垂直高度

——这也是一个人胯部和头颅可以拉开的最舒适距离

还要带些植被，比如蕨类、猕猴桃、 核桃楸、毛榛

——这与你忽热忽寒的血型有关

如果怕寂寞

再带上花朵喇叭，比如太平花、八仙花、绣线菊、蓝荆子、胭

脂花

再带上几根涧溪长笛，抑或一架瀑布钢琴

最好是鸟雀交响乐团，比如燕隼、勺鸡、雕鸮、红角鸮

别忘了，还要带些秘制的幽兰， 比如凹舌兰、珊瑚兰、紫斑

杓兰

——这是个人的隐私

当然，为防意外受伤

还要带些草药，比如沙参、茜草、五味子、刺五加

对，你嗜好摄影

那就把 4 个景区、18 处景观和 35 个景点统统带上

——否则你无依无靠，只能裸拍

这些你如果都来不及准备

你只需带上我

迷路时，把我摊开

查阅我体内的地图

攀登时，把我收起

一根称手的行杖

你与我将成为百花山

唯一的景点

马致远故居

所有院落都如此，坐西朝东

中间摆着一枚阳光印章，四面木门一律印有雨丝风片

九龙山就住在影壁的背后

很多院落都如此，附近堆满了

各色景物，　杂乱且有序

枯藤老树昏鸦一个新蝉噪

小桥流水人家恰待葵花开

古道西风瘦马又早蜂儿闹

夕阳西下，高枕上梦随蝶去了

只有一家院落，脖子上

挂着身份证，脸上长满蚁字雀斑

院内，很多来自天涯的断肠人

院外，只有一群害怕迷路的标识

主人不在这里

住在二十八块字砖砌就的塔顶

他爬上去

再也爬不下来

爨底下古村

放长眼光，瓦影参差，　一圈圈小虾米

溪的乳汁有些羸弱，鹅卵石饿得脸色蜡白

更何况一尾大鱼

每栋老屋都怀抱光影宝盒

不打开，谁也不知道有什么惊喜

门窗，镂空的时光，大都闭口寡言，如一位掉了牙齿的翁媪

谱牒躺在祠堂祖龛里，分娩了一条泛滥千年的河流
闺秀楼针脚再密，也缝不住半爿明瓦的幻想

很多游客路过我，我只瞥见两块墨色的天空
陌生真好，每个人都是别人的秘密

等侯，从来都不是一个人的事
在肠巷深处，如青石板的坚定
一个叫枣，骸骨葬于哪缕潦草的晚烟
另一个叫桂，错过了最青葱的颜色

阳光也会老
一只鸟脱下风衣跌进槐树心巢，淹没了所有的想法
你看，弹孔的光芒抚摸着有斑驳的事物
总是那么崇敬

京西古道（外一首）

石 厉

在京西古道上，五月的凉风穿过

山口，野花奇异的芬芳开始

弥漫，山坡上一簇一簇的杏子

正露出让人垂涎的乳头，硕大的石头

像女人的胸脯在阳光中变软

一个个深陷的马蹄印向山顶爬去

此时我的忧郁也从山岩上升起

那些在古道上曾和我一样行走过的

人呢？满面尘灰烟火色的卖炭翁

在金帐中被炭火烤暖的忽必烈大帝

与他的宠臣，那位赶着瘦马

在夕阳下埋头思念断肠人的马致远

字词如甘露般滴落的张志民

几年前将诗句埋在路上的

韩作荣和李小雨，如今音讯全无

不管是闪进空谷，还是走出大山

无论人们生前如何曲折与光荣

也不管这些人身份多么高贵和卑贱

他们都已经前仆后继

进入大地的深处，然后重新

沿着矿脉，化为无处寻找的煤尘

在京西的群山中

我终于走入群山最密集的地方

一种起伏的力量，正在越过我

这是大地最初的肿胀和凸起

是身体害羞部位的突然转折

是朝天空绽放的花瓣无数次的堆积

是女性肥硕的腰肢上泄露的弹簧

能够让布满山坡的生铁变软，

是灵魂最自然的瞭望台，

欲望最难攀登的天梯，

星星散步的后花园

这里溢出了蜜一样芬芳的西北风

流出了天露般甘甜的永定河

她的臂弯环抱着现实的华北平原

天生丽质，几乎与天地一样长久

也几乎与天地一样年轻，一万年前

这是东胡林人徘徊的地方，那位

已变成化石的少女，她早就知道生命

的归宿，好像就在虚幻的装饰中。

近千年前，金兵从这里也找到迂回
的方向，他们绕道夺取居庸关
然后打开南下的大门，与其说北宋
终结于中原，毋宁说死于千里之外的
京西。它还集结过挺进军的力量
让日本鬼子无处寻找。它迷宫的
山谷里藏满月光，在黑夜中
能让人骑马晃进梦乡，这些都是
大山的秘密。我抚摸了你有着
丝绸叠痕的面孔，在那冰凉的
坚硬中，我在你被固定的美中，为
你苍老幽静的褶皱，差一点失声痛哭
但你不拒绝任何低贱的爱抚与利用
你还包容了所有的挖掘和毁灭
透过一口口的矿井，你乌金的
私密之处，仍在举行火焰般的狂欢

你内敛，深厚，不会因为一层层
浅薄的快乐而翻腾，也不会因为
马蹄铁深刻的敲击而疼痛，你将
肌肤之爱，给了大树、草木和山泉
然后你在自己的真理中沉睡
所以你几乎没有生，也没有死

你收藏了繁华的都市，接纳所有的

黑夜与白天，太阳沿着你的道路

爬上爬下，你是人间最无喧闹的

游乐场，鸟儿为自己歌唱，麝香在

空谷流转，老虎称王，可以进出

所有的山洞，那些野兽的妃子超越了

人间的想象，她们怎样在冷血中释放

无限的柔情。猎人留意任何一个目标

飞矢又何尝运动，贯穿表面的

被假象迷失，我就是其中的一部分

所以我虚假地从山脚下，仰望你饱经

沧桑的峰巅，除了你在云朵的白纸上

正在扩散的无尽墨水，那些在高处

我无法读懂的，就被称作未来与永恒

很想去门头沟看看

丹扎木西

题记：喜欢诗歌，从没有去过门头沟，很想去门头沟看看……

我喜欢诗歌
就像很多人喜欢抽烟一样
我喜欢行走在旅途
就像很多人喜欢喝酒一样

有一哥们儿发来微信
说是关于门头沟诗歌征集的事情
在这之前
我从未听说门头沟这个地方
也就更谈不上去过门头沟

我从头到尾仔细阅读了征稿启事
一下被吸引了
门头沟在北京西部
是一个美丽而且文化底蕴厚重
非常诗意的地方
作品获奖还有丰厚的奖金
这对于我来说是个不小的中国梦

我想去门头沟看看

用我旅途的感觉

去感受一下

巍巍太行的挺拔

永定河水的碧波

长城古堡的壮丽

千年古寺的香烟

我想去门头沟看看

用一个边远诗人的眼睛

去看看这方灵山秀水的人文风情

去读一读历代帝王

还有诸多文人墨客留下的诗

我真的很想

很想去门头沟看看

如果能够得个什么奖项

就可以解决我来回的相关费用

还可以很骄傲地给家里说

我去一趟北京

让只在电视上看见天安门的阿妈

打心眼儿里高兴

我想去门头沟看看

希望是通过诗歌的方式

来完成一个伟大的中国梦

去这个培育诗人的地方看看

那些伟大的诗人是如何诞生的

我想去门头沟看看

这个被称为首都诗歌之乡的地方

通过一个诗歌征集活动

让我魂牵梦萦

让我充满期待和向往

我想去门头沟看看

心里面竟然开始盘算时间

如果中奖也得到 8 月份去了

漫长的几个月里

我也许会每天都想一遍门头沟

我想去门头沟看看

从百度上查找的图片和文字

就像一碗慢熬的稀饭

温润着我梦想的胃囊

让我感觉充满灵感

也许这个诗意的地方

对于热爱诗歌的人

真的具有一种不可抗拒的能量

我是一个诗人

我真的很想去门头沟看看

我对朋友说

也对自己说

梦想还是要有的

万一实现了呢

……

在首都，看好门头沟（组诗）

蜀乾尔

一、我的门头总有泪水随沟而上

不名城，不字州，名字

门头沟的名字最接地气

土吗？土得掉渣才会生发极致

土啊，土出的历史让人顿生敬意

一如潭柘寺北京城的亲密关系

以及，雾霾天百花山的肺，呼吸

青山绿水缭绕的诗情画意

高楼生长极限，掠夺空间，在首都

车水马龙逼仄着租借的鸽笼

真渴望我的门头有一条沟

比如这门头沟勾起的梦

三山两寺，一湖一河……

想想真是奢望，但绝不要绝望

因为我的门头总有泪水，随沟而上

二、来，潭柘寺谈一谈

就是说，这寺后有潭
弹，连波纹也可谈一谈
连月光也轻漾着檀香的古远

也就是说，从这可看到西晋
看到白胡子黑头发的历史老人
看到嘉福寺岫云寺出世入定的僧人

就是说，这满山都是柘
柘弓射大雕，柘袖善柘舞
连柘叶也生动了永定的无定河

也就是说，从这可看到京城
轻易可看到如此这般的形形色色
我看了又看，看到了泪光中饱满的自责

三、灵山越穿越灵

南灵山，北灵山
佛灵山，道灵山
灵台方寸地
争着抢着要名份

直到隆起京北第一高峰
却道真山真水最实际

索道可上，骑马可上
一身轻松最重要
两袖清风，你，要不要

有路也走，无路也走
走的人也就多了
——驴友不绝如缕

灵山穿越归来
谁，还会迎面而来

门头沟

宗 琮

闲暇的时候，我喜欢到门头沟走一走
骑行或者徒步，都可以

可以一路向西，再往南，去潭柘寺、戒台寺
寻觅千年古刹隐逸的禅意，打量那株古柏
高出禅寺的虬枝，和风中静立的样子
可以先向西，再北去，直奔斋堂镇和爨底下村
触摸尘封的历史，并与古村落遗址、壁画
废墟、标语，这些旧的事物隔空对视
可以先向西，再拐几个弯，到妙峰山、百花山
京西十八潭、小龙门森林公园，亲近山水和自然
或是直接深入开阔的腹地，到黄芩仙谷、神泉峡
探秘它的古今之异

也可以没有明确的目的地，只是想走，就是想去
去呼吸清新的空气，看看蓝天，出一身汗，然后
吃顿偏咸的农家饭，顺便会一会如隔三秋的
老朋友，再喂一喂朋友家的鸡，逗一逗
朋友家的狗，最后盘腿坐上朋友家的热炕头
所有这一切，似乎是，又不完全是

我想去门头沟走一走的理由

当然，也可以不找任何理由，只是抬头想看
门头沟的云，睁眼想看门头沟的山
然后，在古老的永定河畔随心所欲转一转

许多年前，我是那里的一位翩翩少年

一个人笔下的门头沟（组诗）

辰　水

一座山，一脉香火

1291 米。即便不在北京，不身居太行
这个高度，也足以让世民仰望——

入山进香的人，在农历四月。
上旬的香火更加虔诚，一个个善男信女
他们进山。山脉因此便有了魂灵。

我的高度比低矮的灌木，还矮了一寸。
在妙峰山，作为一个异乡人
总会无所适从，又不忍匆匆离去。

看到缭绕的香火，我却忍住，让自己并不跪下来。
更换香烛的小僧，他是个少年，
我们之间用方言问答，好像是在互相阐释着佛经。

被时光打磨的爨底下村

爨底下村的人，都姓韩。无论男女。
嫁进的少女，她们好像来自古代的明清。

我一个人轻易就占据偌大的四合院，在时钟的一个刻度上
与另一个古人，互通音讯。

青石、灰石、紫石板，这些来自深山的信物
铺下去，为路。山中的因子，指向未来。

在雕刻的鸟兽跟前，我也是另一头怪兽。
与它们晚来了一个世纪，却要认作远方的血缘。

定都阁之下

遥远的定都阁，一会儿在云上，一会儿在云下。
我不敢确定，一方古刹的位置
又在哪里？

对于一棵奇松，在山中也会两个，甚至是两个以上
相似的面孔。可它们终究无缘相见
正如一面山阳，一面山阴。

一个人在定都阁之下，独坐好久了

居然没有另一个来向我打探，这个山峰的秘密。

灵气满峡谷

灵气也是一串一串的吗？在聚灵峡，一群异乡人

为灵气祈祷。希望能遇到所有的幸运，

可事实上是，他们感受到遥远的古意，便是一种幸福。

在气候交替之际，身上的棉衣也无法化解

一个人内心的焦虑。

山中灵气充溢，连山神也会自由出现。

我只是带走一瓶小小的气体，在夏天。反复到来的星辰

它们消失，却有着恒定的规律。

门头沟：崇山峻岭在讲述（组诗）

匡文留

赤裸的足心舔舐而过

热爱我们的古都　尤其热爱

古都东南西北的长城

头颅枕过司马台沉甸甸老砖

肩背倚过慕田峪倔强的烽火台

此次我刚刚　赤裸的足心舔舐

北魏长城的遗迹

东眺苍莽山谷　西望

滚滚黄河一去不复回

浩荡荡千里的古冀州大地

大风起于鹏雕的翅羽　影绰间

赳赳十万民众　随太武帝大麾一指

血肉灼烫地夯筑为

畿上塞围

我小心翼翼抖落衣袋中

一抔粗粝的长城老土　老祖先啊

发芽苗长又落地生根的老土

紧紧包裹着　就像子宫搂紧胎儿
是什么在晶亮亮一闪

便有一枚小小螺壳
高擎于我的指尖
纷纷剥落的老土　该是
东胡林黄土台地的原住民
螺壳的肌理嘤嗡
万年之前的声音　我听懂了

旧石器交接新石器的时代
东胡林人　我们嫡亲的老祖先
就在这方圆厚厚的老土之上
把牛肋骨穿成骨锡
剽悍的汉子们　蹄点奏响狩猎
他们披发明眸的妻女姐妹
将一枚枚小小螺壳　佩戴于
山包一样圆硕的丰乳间

在斋堂镇　大东宫村和柏峪村
我且歌且舞地流连
遍筛霓霞与虹彩　任小小螺壳穿越
我们和老祖先
共同节拍和韵律的
血脉的倾诉

爱情的聆听

向　导

向导是谁　就是躯体当作目标

是枪的准星　剑的钢刃

其实　他就是一个土生土长的村民

背倚妙峰山　下涧沟村

一间旧陋的茅草屋里　是不是

老母亲喘息地盘腿蜷在炕头

坑洼的小院　一双小小儿女

正光屁股撵得鸡飞狗跳

他女人刚展了展柴火压酸的脊背

又缝补起他那粗布衣褂

抿了抿鬓发的针尖

还未撂下

一颗罪恶的炸弹　瞬间腾起

妙峰山烈烈的火焰

向导朴拙的身影掠过日军的战机

熔炼成一尊焦黑的钢铁

血和战士们的血

汩汩汇为一股

滚烫的年轻热血汹涌着的

国民抗日军

以勇毅打开第二监狱

以顽强　将硝烟撕碎的旗帜

牢牢插上黑山扈顶峰

十一架日军战机

黑鸦鸦扫荡而来　我们的向导

将最后一个憨憨的笑

抛向妙峰山之上

嫡亲家园

恋不够的麦香和炊烟

其实　他就是一个土生土长的村民

壮烈也好　牺牲也罢

他打小就从没在心里掂量

妙峰山　忘不了自己的骨血

记住了这个中国男人名字

——赵万庆

中国的眼睛

这一个个活脱脱的小小生命

比精灵更明亮　更澄澈　更幻彩

闪动着眼眸的智慧

透射出心的乐音和话语

是采撷来阳光与月华么

是编织进了峰峦江河的身影么

是鸟兽和花草　蜂蝶或鱼儿

浓缩着舞蹈的小小殿堂么

我的脸颊摩挲一个个小小身体

温热的掌心　多想成为

护卫她们的一个家

掌纹与她们的肌肤相互聆听

一个个缤纷完美的内核

给予我纯粹和坚贞

就这样我的爱与遐想

忘情地在一个个身体中央

勾画出京白梨　香白杏的丰润

弹拨起扁杏仁　核桃　盖柿的香甜

原来　唤作琉璃的美人姐妹

明眸皓齿翩跹于元代

门头沟　朝霞夕岚氤氲出琉璃渠村

妙峰山的筋骨　永定河的血脉

锤炼为琉璃瓦

就这样升华成

一个个活脱脱的小小生命

恰如一只只亮晶晶的眼睛

中国的眼睛　高悬于世界

追求更明亮　更澄澈　更幻彩的

穹隆之中

京西三咏

张树林

百花山顶微波站

——京西名胜百花山，海拔 1990.7 米，上有一微波站。

小路爬上山顶时已累得弯弯曲曲

山菊花依旧在心野盛开

你们如今不再放声高唱

雨季时有惊雷替你们喊几声也就够了

白云从窗前经过时也不再捎上点什么

因为你不知它将飘入谁的望眼

每到夜晚京城的故事亮闪闪地讲个没完

像屏幕上的电子游戏

地平线上它显得很轻很轻　也很好玩

直到月亮在云海的床垫上越睡越凉

把寂寞的山舔得高低不平如弱缨的齿孔

青春就是大山的两套春秋时装　总是很得意

诗情似无数嫩草绿了又黄

交给冬天收藏　盖一层白雪

洒一片阳光

北方的山村

——小住下马岭偶得

鸡鸣　犬吠

千百年

仍是山村

永恒的语言

当电线塔从山顶

挂下三条银色的瀑布

几粒灯火

就在大山黑魆魆的

沉梦里　跳跃起来

这山村就向天空

伸出许多触角

里面有许多叫作频道的

敏感的细胞

于是山民们知道了

山外的天上还有空洞

庆贺这里不会落酸雨

当"山里红"

红了山外人的眼睛

姑娘们的俚语

开始在水泉里

洗得褪色

金黄黄的项链

也偶尔失落水泉

溅出金属声

白天

山村在年轻人的播放机里

摇滚累了

晚上　黝黑的大山

照旧升起一轮

久远而安谧的月亮

洒在山村薄薄的农舍

古老的传说

早已在石碾上风干了

年轻人只知道

出山的列车

是早晨五点二十

煤

——在北京，门头沟是煤的故乡

漆黑而沉寂的地下

生机勃勃的绿色

还在睡着

醒来

一切都明亮

一切都斑斓

——自己却黑了

这就是梦的结果吗？

一颗绿色的心

变作黑色的瞳孔——

但我是火的化石

我是森林的浓缩

我在光明和黑暗的交叉点上　凝结

以呐喊着的生命自焚

向太阳向月亮

向没有太阳和月亮的那叠日历

宣告　一个黧黑而火红的诞生

尽管

阳光给我的太少

黑暗给我的太多

给灵山再增加五十三度的海拔（组诗）

孙淑娥

给灵山再增加五十三度的海拔

下了高铁，才知道身陷京城

走进灵山，才知道灵山厚土高天

喝着门头沟的清泉，始知自己的心跳

离北京这么近

苍山负雪，雄鹰接箭

烽火台上望天狼

提着一瓶"老烧锅"，给灵山再增加五十三度的海拔

天梯、木栈道几度春秋，几度警醒

艳阳天里举杯的是和草原有关的口音

端起酒杯，酒醉了

端起酒杯，美醉了

端起酒杯，想起很久之前一对披甲执锐的武士

从我身边经过

它们的眼神是树的

在藏、蒙、满、汉旅游的人面前想起电影里的浪漫

聚灵峡古道上一支载着茶叶、丝绸、瓷器的驼队

摇醒了父亲节的孤单

驼铃声声。但女人爱听

山里人爱听，醉在心里赖着不走的是门头沟外的几个

女人和女人

一只白鹇醉成白鹤的样子，几株京报春和七瓣莲醉成

诗的模样

我说灵山，是北方的一根脊梁

我说门头沟，是北京的一个关节

就像群山是大地的连襟

这里，每一块石头都教化了的

每一棵树都带有烈烈风声

山中的兄弟，回头要把京都看

一米一米又一米啊

给灵山再增加五十三度的海拔

断层、褶皱、岩溶

灵山在升高！这是我们

唯一的仰望

唯一的祈祷

唯一的交托

唯一的抵抗和皈依

啊！站在悬崖，开口咬住一条道路

那么壮美，那么沉静

那么吐气如兰——我是说，时间可毁掉

一道长城，但它毁不坏

一个英雄一生的梦想——灵山是他紧握的剑

潭柘寺笔记

你就不必去西晋了，弄了个年号叫永嘉

那个去了就回不来的人

把自己拜成一座寺院

你来得早了，就叫它嘉福寺

你来得晚了，就叫它岫云寺

世间可以代替的名字有太多种

我的山上有柘树，我的寺后有龙潭

叫它潭柘寺

在民间，同时也在佛的世界里

我来是为了看见，潭柘寺的红叶，丹枫的红

黄栌的黄

我来也是为了看见

身为大乔和小乔的玉兰，饮食四百年人间烟火的样子

我来是为了记下，千山拱翠，万壑堆云

一寺镇群峰的魄力

天阔山远的宁静

一座北方的佛国，同样拥有

千百年不断的香火

我来也是为了记下，一峰当心，九峰环立

潭柘寺，正好适宜养心

我来是为了带走，"禅"的境界

那岁月印下的，水也在临摹

殿楼高远，斋轩亭近

庞潭古道藏有多少黑暗中的过往

我来也是为了带走

经卷五千，但不带走宝锅、石鱼

"四月潭柘观佛蛇"

你是元朝公主，我为进山香客

永定河之魅

水是城市最容易关心的事物

你在遥远的地方开始为首都写信

蘸着上游桑干河的浪花，蘸着中游蒙古长调

一个民族，在苍狼和白鹿的真情中放下的命运

河流穿过门头沟将变得更加清澈

我所歌唱的永定河，官厅水库里每一粒新生的土地
都是岁月的沉淀
没有比放下，更轻松的了
至今没有一座山，可以阻挡水的涌动、奔腾或者咆哮

永定河的水是水袖
连着藏、蒙、满、汉开放的京报春花
依然长在大地的胸襟上，这些彼岸花
生死相随，天堂鸟已经不是候鸟
一年四季在大山里居住

沿途的树、青草跑得飞快，迅速占领大半个京西
山峰倒映水中，承载一河的憧憬
穿越燕京津梁，唐宋驿站
金元屯堡，明清码头
一曲终了，她要荣耀进京城

永定河，我的江西老俵、蒙古新娘、河北老乡
在门头沟，你是我的母亲
孕育着京畿之地的乐园，那里传来
水光交合的福音
我还要跟着她去渤海一路芬芳

门头沟诗韵（组诗）

胡玉枝

马致远故居

远远地立在落坡上

五个刻得很深的大字

连同石头垒砌的牌子

很高很直地立着

还没走近

就听到了马蹄声和纷沓的脚步声

坐在修缮一新的故居门前屋里

听传说和撕扯

自弹一曲　穿越了年代和岁月

好像这一切都不关你的事

那些破烂的屋檐和落叶

卷去历史的尘埃

任那些揣度在西风里

瘦去

石缝里的那些新绿

又踏着马蹄声走了回来

也好　总该有一处居所让后人追随

爨底下村

繁喧又箫落的一片片石头和瓦片
站在几百的风雨中
诉说着
几经冷落几经热闹的沧桑
紫色的石板路
在幽深的巷子里结了紫色的心结
一转身便撞了个满怀

煮沸的石头和火把
灼伤了草叶　门环　和蝙蝠　也惊走了仙灵
那份清寒一直在斑驳的霉迹上
清寒　冷眼看着
起起落落的烟尘和嘈杂

只有那条蜿蜒的路
踏着青石板驮着故乡追寻故乡

哦轻一点　放慢脚步
别踩疼了这些活着的炊烟

沿河城

依山顺水的守着一方
将那些繁华与外侵远远地挡在城外
安然在月息日落的静谧里
炊烟　古树　和蛙鸣
独自成一曲歌谣
在板石铺就的街巷和屋舍间飘曳

那戏台上婀娜的水袖兰花指
可把那唱不尽的昌盛
与兴衰
演到了极致

许是城边的河水浸润了这清灵的女子
让每一行诗句都薄上了水气
跳动的音符在树林里的石头上跳动
还有朗朗的读书声和顽皮的身影
倒映在滚滚而去的河水中
丰盈　仿若昨日

一蓬衰草在波涌的春风里
轻佻地绿了起来

门头沟纪事（组诗）

李 龙

永定河，北京的母亲河

当我喊出您的名字

像是在唤醒枝头飞鸟的渴

内心的渴

像是在打捞一片沉下去的月色与乡音

永定河邮寄自己的清波

给尚在他乡的游子

那么多年了，想家的味道都隐藏在

一条河的静水流深

那么多的阳光蜗居河面，闪耀着

涤荡着日子的尘埃

植草丛生，悠闲的水鸟，若神的孩子

永定河，涵养了帝都之气

哺育了两岸生灵

那个身披草木之香走过的人

有水做的灵魂

当我回首，永定河已蜿蜒百里

像是给远方

写就的一封长长的家书

在戒台寺清澈的钟声里打碎自己

沧桑了多少尘世光阴

又有多少过客如烟云

戒台寺还是戒台寺，如五松

阅尽千年

大钟亭的钟声清澈渺远，还似武德五年

只是后来者，有人

依然迷失于体内滋生的一场场大雾

来这京西古寺

或许，只是在去潭柘寺的路上单纯地路过

或许，是为这里的"戒坛、奇松、古洞"所吸引

或许，想亲眼看看皇帝们手书的匾额

顺便尝一尝

简朴的斋饭，饭钱随缘

或许，是想在"天下第一戒坛"

在环坛 113 尊戒神的眼神中来一次想象中的

摩顶受戒

又或许，是带着满身锈渍，卑微的愿望

想在这清澈的钟声里打碎自己

彻洗两肋的尘埃

潭柘寺落雪随想

雪落深山，落于潭柘寺

因缘际会，我恰好在寺里等一场落雪

像候当年的某个人

一些微小的事物随雪花一道醒来

比如，掌心的灯

细小的香

茶香，蜡梅的香

还有经卷上年深日久的墨香

暮色四合，我在时有时无的诵经声中变小

变薄

薄成罩着灯火的器皿

一种异常透明温暖的状态

水一样漫过我

我借一场空无的雪，抹去眼内的悬崖

高与低的落差

至于山外的流年，欲望的暗门开开合合

这不是我所关心的

我关心的是多年前大雪过后

那盏茶的味道

还会在谁的心底漫延

映象门头沟（外二首）

席君秋

跟随一片锦云向西

远离嚣闹和拥挤

沿着清澈的永定河水

来到这里

没有迷路因为水流的指引

被山水围绕

田园暮霭禅净幽然

涧水清冽掬一口沁心

一棵古老的松树遮蔽了天空

极目草野花朵点点

微风细数星星

在一座农家小院

找到了久违的淳朴

倏然间洗尽繁华

俨然漂泊的行者回到家园

看什么都新奇

收入眼瞳的全是景色

一个用旧了的石磨

旋转着老去的时光

碾碎苦泪与哀怨

几朵窗花剪红现在

生动出惬意的满足

门楣上的雕刻让光阴慢回从前

青瓦灰墙的屋舍

在山林间错落

清晰的山路足迹遍布

深入曲径

通往幽处的禅经木鱼声枯寂了时空

停下来脚步安顿虫吟鸟鸣

谁的家在京西

绿荫搭建的心灵别墅

穿过小桥的流水

行游在惜墨的画中看烟霞飘逸

想起母亲牵着的小手

陡然不知乡愁为何愁

略去纷扰滤掉怅惘　　望见舒心的蓝

大朵的白云从远处飘来经过头顶

好想吃棉花糖　　好想摘下此时的心愿

放飞美好　　回到幼年　　真的好甜

回到幼年　　手握蜡笔涂画

原色的拙彩画出京西的颜色

感觉阳光住在身体里

朴实的温暖向善的情愫

融入语言的词典

美的心和美的景

浑然一束

绵亘长城　　古刹丁香

夕晖透隙枝叶朦胧暮春的心事

让我以古道上深邃的蹄痕为砚

松枝为笔

饱蘸月光书写过往云花

当卷轴的画墨垂落

我听到马背抖落的水和喘息的回音

穿透岩石峭壁青石有了纹缕

身驮重物的脊背踏出的蹄履锁住漫过四季的水

一道灿丽的红云挂在天际

明媚的此刻

无端感伤

气息的音韵窸窣芳菲

缠裹几许浅浅的轻愁

其实　　只是闲逸的逗留

没把我当过客的该是亲人

心存一份感念

傍晚的灯火

那是一天的心仪与劳苦

在秘境中阑珊

哦　　原来写在诗里的憧憬

向往的诗意栖居　　以及

沉入眼里的素朴装进行囊的欢愉

就在北京城的西面

一个叫

门头沟

的地方

诗絮潭柘寺

因为你

有了这座城

有了我

香火烧了一千七百年

烟缕缭绕在合十的手

恬心静谧缠绕的是解不开的绳

俯身跪拜的瞬息遇见曾经的你

金熙宗皇帝的一炷香

已然茂盛了树木和花朵

进香的山路因为众皇帝的履痕

多了传奇和神秘

陡坡和弯路一直向上

台阶拾级向上

佛心向上

低下的头不曾仰望

天空和云朵抬高了庙宇

一颗悸动的心

安静下来是莲花打坐的一双眼

净目平和

度我于红尘之外

超静的生命该有怎样的人生

不为所动是大风走了以后

涓滴的雨凉爽在清晨

尘土进入睡眠圆寂了红墙上琉璃的梦

华丽但不耀眼

走走停停一步一停

慢下来的心装不下一串润圆的佛珠

将时光念诵成碎屑

时空的水经过每一次叩拜

抵达内心

深处的语言是佛者独白

而时间还是闪亮的移动

色彩以外调出色彩

在颜色重叠的上方佛道看见了色蕴

当一切都静下来的时候

天空是一张纸

风吹醒草木

花瓣里藏着风孕出馨香

云的那端有我的向往

亲人在生腾炊烟

要把种子带去落地生根

站在树梢的力量

已经足够透彻缥缈

虚无在眼里开满泪花

盘坐的莲花盛开在

手上　　口中　　心里

手捧莲花看依然盛放的莲花

一墙隔断家与寺庙

从家走出的人

留给故乡的是背影

将幸福看做苦难的背影

永远的背影

身在咫尺心却在天涯
生活生命在苦涩中欢乐
而灵魂的居所又在何处

手握的禅籍已泛黄
经卷的开合
安放在那页的佛笺
正向微芒靠近

一滴泪为一朵莲粲然
天地无疆身体为辽阔的家
就连古刹的空气也布满经文
风带来了什么又带走了什么
在一呼一吸中收纳神性的果

做松树上的松针背负雪的神龛
霞光融化的温度深刻了风轻
云淡的风景里浓郁愁绪
红墙外的善男信女
转身离开平添怎样的思绪

越过佛境将身心还原
一蔬一饭画着时间的圆

居住在乡僻石屋

静听微弱的天籁

乐音飞翔耳畔擦过飘发

潜入心底禅意向真

走出山门

清理双眸不及的杂草

放下肉身之躯拾起一汪纯澈

任凭霖霖细雨柔柔的掉落发梢

牵绊的一边抓不住想象

谁也不知道彤云回家的路有多远

银杏叶的亮黄衬映天边的红

合围的暖意来自身披袈裟的僧侣

推开空的门

推开离心最近的窗

终于找到了

在尘念以外净土之上

素心参禅

禅心宁定

琉璃照见现实

小兽在橙黄的琉璃一坐就是七百年

不变的姿势变幻的时空绵密你我的想念

永定河水从门前流淌

山林浅影娴静怡心

苍郁树荫斑驳旧岁呼风唤我于此

背靠着椿树等你回来

等你在下午两点的一个问候

时光走远山岚消隐

你在我看得见的地方守望斜阳暮色

让我在七百年以后走在琉璃渠古村落的路上

想你曾经的邀约

想你款款长衫飘至过街楼挥别的身影

没带笔墨没有情动的许诺

你伏笔一山的百花

在季节的末端

迎我一坡的怒放

在春深静谧的花草间浓稠的绿意里

堤岸的柳抚弦一曲曼妙云静开

我放慢脚步

一颗心砰然心动

听你写在清风中的絮语

看见油纸伞飘过微雨

七百年了

依然是原初的你和琉璃瓦片铺就的屋脊

锦绣在妥帖的釉面与日月辉映

顶着天蓝一抹翠色有晚秋的黄映衬

九条龙腾跃

在帝都皇城在原乡大道在炎黄人心里

腾悦

光芒黯淡了岁月

荏苒的光阴不再似箭

小憩在帝王题字的石碑上

拓出一片阴凉

那一丝风那一缕熹微的光柔和在我的诗里心上

雨洗亮的枝叶迎来春天最后一个节气

最后的春风藏进衣袖在夏日里清凉

努力以诗歌的表达游吟在季节的前面

在琉璃之乡愿我的一切静好

安于福祉

在拥挤嘈杂的世间

万物苏醒抑或沉睡

没有阻碍我与你相见

窑火燃烧了七百年

生生不息的火焰

绵绵不绝的薪火
只因为紫气东来

我猜想是香炉上的烟缕乘风而至
扑面的祥瑞濯涤尘世的纷繁
复杂在简单中纯净
执著于匠心浮躁已随夕阳落山

沉湎在窑火的红苍穹的蓝紫色生成于心底的澄澈
白胎涂上彩釉是琉璃的日子
粲然生辉
我的幻梦我的庸常生活卑微之生命借琉璃的光韵
粲然生辉

摘一把荒草编织疼痛
吹旧云锦的风寒隐没山野
沉在滢水的流年谁会打捞记起

抖动丝绸的傍晚
窑火正旺
霓虹照彻山水三官阁流光溢彩
回望古街身已在梦境

潭柘十美图（节选）

艾　川

平原红叶

这些叶子

在红之前

一定大醉过

一定在最深的思念里

熬过

不然它们红得不会这样透彻

更不会这样爽朗

经过岁月的洗礼与喧嚣

这些叶子，叶脉里诸多细小的河流

潮与汐，统一于一片写意的霞光

当漫山遍野押上红色的韵律

山野红了，石头红了

一层一层的台阶也红了

你再看潭柘寺

在一片酡红的思念中

依旧坐怀不乱

而偌大的华北平原

在一片红叶的诱惑下

禁不住跌宕起伏起来

九龙戏珠

想必潭柘寺

一定是世上最幸福的寺了

被九条龙护卫

其身价与地位不同凡响

放眼望去

九条龙形态各异

或捧日，或架月

或缠云，或回旋

要么状如翠竹

要么状如璎珞

要么状如莲花

那些名叫莲花的山峰

想必是佛的化身

坐于莲花之上

指引来来往往的香客

香火缭绕，峰回路转
潭柘寺借一颗圣洁的明珠
观照尘世，观照苍生

千峰拱翠

一峰一翠玉

千峰千翠玉

这些翠玉

都是由春风

一点一点打磨出来的

从苍白到鹅黄到翠绿

一块玉

经历了怎样的内心历练

乍暖还寒的春风

一开始小心翼翼

生怕碰坏了胸中精巧的构思

后来泉水叮咚

飞鸟鸣啭

春风也是灵感突至

几乎一夜之间

就把千座山峰

琢磨成千块翠玉了

花朵点缀山野

算是翠玉身上美丽的纹饰

都说玉与佛有缘

你看那香火旺盛的潭柘寺

不正处于千峰膜拜的荣光中吗？

游走在门头沟的时光里（组诗）

姜振才

琉璃窑

九龙山下

一座名叫琉璃渠的小山村

几座御窑

穿过岁月风雨

从元代走来

七百多年窑火不熄

烧制出的琉璃

把天安门和紫禁城

妆扮得流彩溢金

让大洋彼岸的帝国

相见了便不敢高傲

从京西的大山

遴选出多情的诗句

一代代工匠

把青铜脱蜡的技艺

演绎得惟妙惟肖

铸造出流云漓彩的水晶体

让京西古道旁的小山村

显得很神秘

落霞与"三官阁"楼影齐飞

山花共"百米琉璃墙"一色

透过古窑烟雾

目光游弋琉璃的光芒

我闻到了元代御火的气息

将满目的万紫千红

融入每粒细胞

融入彩色情绪

燃烧的心

沸腾到一千度……

灵水举人村

一部乡村文明的宝典

土的发黄老的长须

故事隐藏于荆棘丛中

被残垣断壁铭记

千年文脉音乐般流淌

滋润出醇厚的乡俗民风

乡规民约刻在石头上

便成了庄严的法律

儒雅气息溢满史书

在岁月深处美不见底

下马石上的荷花没有凋谢

文昌阁还在藏风聚气

每一幅楹联、石刻、雕画

都像一些纯净的词语

举人的后裔

坐在胡同口的阳光里

聊起老祖宗的荣耀

脸上红彩飞泄

好像金榜题名的是自己

一盏蹲在墙角的油灯

虽然光线已逝

却端详《四书》《五经》

两棵站在破庙前的古柏

虽然老态龙钟

兜里却插着明朝的笔

连树上的小鸟都会朗读诗文

连墙头的荒草都会背诵绝句……

以古人的步履

把历史的脚印丈量

感觉灵魂

已被文明的雨露

一寸寸浸染

我迷失了自己……

定都阁

以飞翔的姿势

耸立定都峰上

京西的河流山川

古都的绿瓦红墙

尽收眼底

开启着你的畅想

迎着你的手势拾级而上

我弯腰捡起一段古老时光

恍惚看见燕王朱棣

伫立山巅向东遥望

一幅紫禁城蓝图一路跑来

圆了定都北京的梦想

这里的泥土藏匿着历史的心跳

这里的青石目睹了明王朝的灭亡

一段千年故事

在岁月之镜折射下

让这里的一草一木

都镀上了一层神秘的光芒

你在山顶展示魅力

生命的力度

升华为天地间的壮观景象

有了你

紫禁城和永定河就不会走失

你让人们的仰望和俯视

变得厚重和空旷

站在阁下凭栏东望

长安街延长线像河流荡漾

啊！古老的京西

从这里插上腾飞的翅膀

驮着梦想扶摇直上……

百花深处（组诗）

若　尘

永定河

一条绿绸带

裹着三百万年的泥沙

从光阴深处走来

太行山，阴山，燕山，黄土高原

以及两岸的风土人情

一定是被它唱绿的

狼烟退出烽火台后

芳草可以伸手掸去尘土，卸下满身疲惫

野花可以舒展身躯，深吸一口气

长亭站立了很久

多少次，它回过身来

想喊住随风飘远的前尘往事

古道不做声，弯了又弯

是想悄悄搜集起人间情话

递给深山老林，渗入名族的血脉

一个人，越过崇山峻岭

是为了寻找，找到爱的源头

直到翻开，上善若水的出口

这条河昼夜不歇，用心弹唱四季

像一条又弯又长的扁担

这头担着当下，那头

担着沉甸甸的上古

东亚古人类从这里走来

中华文明从这里走来

母亲的体温，从这里走来

百花深处

去百花山，我什么也不带

只带一盏向往，和两袖塞外的风

到了百花山，我不去看望金莲花

报春花、点地梅，以及野芍药

我只想拜访守护了大山三十多年

一位年近古稀的护林员

他，是这绿色家族中的一员

一定是沾了草木的灵气

我眼前的他，油松一样挺立

一口气能念出七百多种草木的名字

这是白桦、柞树，那是落叶松

这是桃树、李树，那是核桃、柿子树

这是刺梨、蓝荆子，那是刺榆，黄连木……

不用侧耳，他就能听见草木的心跳

不用细瞅，他晓得蜂蝶们正在传递家书

不用抬头，他明白云雾刚刚打扫过清晨

在众多草木眼中，他像一位

把慈祥刻进皱纹里的父亲

在百花山，所有生灵被安宁笼罩着

它们抓紧脚下的泥土，让自己的根

越扎越深。它们舒展自信

致意对面山上的兄弟姐妹

它们知道，百虫、鸟兽和流水

是一群媒人，在领跑子孙脚步的同时

也捎走了我带来向往和风

在他乡

往后退，就退到了门头沟村口

再往后退，就退成了我自己

像一场大雨，重返云朵怀抱

像一滴烈性酒，回到高粱体内

大街上，天天走动着新人

假如时间转过身，他们的脚步

会移到哪里？身后的事物
会不会忽然跑到前头？

超市里的酒，和人们一样
穿上包装，就等于穿上了外套
贴在脸上的商标，同招蜂惹蝶的名字
没有什么区别

在他乡，我永远像一个局外人
眼眶里的发条一天比一天紧
内心仅存的一片草地
却一天比一天黄

门头沟印象（组诗）

张雁卿

明清古村爨底下

七十六套四合院

站立成一个扇形

硕大的扇面

刻满古韵遗风

古戏台、古石碾、古壁画

古道、古庙、古井

这里

游走着历史进程

明代的房

清朝的钟

甲午战争的捷报

日军烧杀的罪证

还有

六七十年代的标语

燃烧着岁月的激情

更有

改革开放乐到农家

家家户户喜庆的灯笼

真想住在这里啊

赏春山花烂漫

享夏凉爽清风

看秋层林尽染

观冬瑞雪奇景

真想留在这里啊

做个村民

白天

随便翻开历史

尽情周游明清

晚间

放任满天星斗

肆意照亮心灵

饿了

吃些农家野味

填满肠胃

渴了

喝口山间甘泉

灌溉神经

闲了

赶几只牛羊

放牧心情

闷了

酌一壶老酒

回味人生

突然

一个声音

穿越时空

沧桑在耳畔

一只明朝的雄鸡

将我从梦中叫醒

一线天

自从

连绵的大山

被拦腰斩断

这里的生灵

才见到一线蓝天

才有了一丝温暖

面对唯一的一缕阳光

小草

争着舒展腰肢

野花

抢着张开笑脸

青藤

紧紧拽着光线

奋力攀岩

虫们

迫不及待

破茧而出

树们

争先恐后

长粗枝干

忽然

一阵信风

吹进了山口

许多嫩芽

立刻

悄悄而迅速地

长出了童年

古栈道

山腰间一条栈道

通向很远

想当年

栈道上商旅不断

赶着骡马的汉子

奔放彪悍

挑着担子的小贩

沿路叫喊

骑着小毛驴的新媳妇

穿着红袄

插着银簪

寻找山野情趣的书生

摇着扇子

吟着诗篇

现如今

古栈道虽没了车水马龙

但一串串深邃的蹄窝

却能将你

带进历史送回从前

栈道上的每块石头

都是一个故事

从悠悠的古代

一路讲来

讲到永远

往事千年总是眷顾曾经年少

任少云

题记：——献给永定河与门头沟的情歌

往事千年总是眷顾曾经年少
当青春已成追风旧梦
你仍然犹豫在自我的表情外面

门头沟，您携带着
永定河的婉约与神秘
追赶着呼吸不一般的模样
让激越的低鸣澎湃着非凡心绪

是啊，遥想前世今生
请允许我，允许我
一而再再而三地亲近您心跳
尽管，在我单薄生命里
奔向您的目标是那样地不自量力

记得史书典籍有过那样描述
在匿身于念想的温度允许里
在犹豫于距离丢失的夜色中

或许，你打开辽阔羽翅的飞翔

就为了告诉我心仪的方位

朔风乘着金戈铁马

杀入长城关隘的激情水流

最先接招的该属门头沟的灰质泥墙

神啊，当然清清楚楚知晓

穿过这些和那些山重水复的过程

定携带着昔日东胡林人的秉性

跌撞里踏着满身的冰凌残雪而来

惹得永定河和着门头沟的情绪

号角四起声声喧鸣夜的树梢

门头沟前世今生陪伴着永定河

数不清如歌的快板慢板和摇板

只是让月亮翻身上马去追赶

追赶你的梦中遐想

在凭风而生的等待中

一次又一次地圆满命运的注定

柔情自我的永定河啊

隐约间似闪现那番如歌的情思

小螺壳缀成的串串项链

系联成诗人们行走天下的风情

而如今，虽然再也不曾闻见

牛肋骨系穿成的骨锡

再度点燃夜空神秘的色调

而且古冀州仍然留有

北魏城墙的遗梦

斑斑点点如萤火虫般显现

你是这样的一条河流

走过多少怀孕的卵石礁滩

怎看清楚日落月升的雾霭

把精心准备的暗语藏在怀中

等待某一刻的飞流而下的奇迹

风姿卓的门头沟啊

秉性你的变幻莫测

岁月里留下了无定的称呼

原汁原味的京西大鼓啊

韵味敲打在羊皮上的撼心声

连同北方民情里引人入胜的舞蹈

直叫春夏秋冬四季平安的谐音

夸张在肢体语言的所有表达里

一河一沟，百转千回

与群山日月为伍作伴

临近京畿浩浩皇城

彼此才放下轻柔的脚步

按住各自狂乱的心跳

即使是途经雁翅段

至多也就是做一个俏皮的小滑翔

您的目标是悄悄地走过这京津圣地

融入海河，注入渤海

然后再放纵属于本来的自我

潭柘寺里的佛（组诗）

陈　瑛

<hr />

石　鱼

有关你的传说

都不及一眼的风华与震撼

你是一条神鱼

跨越沧海河山

远别水的故乡

背依柘树

眼望八千里路云和月

用肋骨里的疼痛

来造一个丰茂润泽的世界

你只是一条鱼，丢失家乡的鱼

在星海夜空下，谁听见你哭泣的声音

流出的血与泪，都化成一滴滴的雨

汇聚成宽广的河流

将你思念的眼泪送到大海的家乡

所有的鱼都是潮汐中的海浪

你在月光下撕裂大海

从海岬的脚踝中远别

来到潭柘寺前

撞响叩开佛门的钟声

从此，你身入佛门

在盛开的佛光里

有你最慕恋的故乡

许你成佛

你用千疮百孔的身体

开出一朵朵莲花

慈悲度你

你度世间万物

一条成佛的鱼

在龙王庙前

与寺里的佛一起，守候

即使丢失故乡

也不能忘却

这一方润泽的田园

眼泪，抚平了干枯的裂痕

你是一条成佛的鱼

玉　兰

潭柘寺前，我是一朵玉兰

忘记了是哪一个年轻的僧人

将我种在佛的庭院

听了千年古寺的暮鼓晨钟

和流水的清泉梵唱

为佛歌鸣的柘枝鸟语

安息的枝桠，都是佛的眼眸

坐看青苔石阶千年来不息的虔诚

膝盖结成的蒲团开出灿烂的花

一朵朵将俗尘与佛相连

我是佛的眼

我是佛的耳

我与佛一起漫步倾听

世间所有的祈愿

落下的花瓣

来度化一切向善的生灵

度过，度过

将千年的佛性

熬成一盏青灯

照亮寻佛的人

修到花开时候

与万物生灵一道

成佛

佛就在我的芳息里

在一切向佛的人心里

钟声

千年前敲响的钟声

是佛与山河万物的寒暄

点化花精山怪的修行

造一个佛光的圣地

用钟声度你

轮回彼岸的灵魂

长生不息

依旧有无数的人

跋山涉水，千难万险

从遥远的地方赶来

敲响你的钟声

无非如是

在我们心灵的空影里

总需要一个钵盂

来盛满

所有的罪恶与欲望

钟声撬开的佛门

丢失自己的人们

是否找到与佛的语言

许多时候

一念就能成佛

时光老了

苍柏老了

青砖枯路，檐角的瓦片

都被钟声敲老了

唯有佛还年轻

寺门关闭时

双手合十

佛门便开

钟声走过千百年

只为点化心灵中的一点执念

向佛而生

去往佛的世界从来不会迟到

诗意门头沟

王利东

岁月·永定河

如果一条河能够穿越历史
我想它一定是有灵性的
蜿蜒在群山之中，把古幽州一分为二
一半是幽州的历史，一半是幽州的未来
燕云十六州的征尘啊，多少功名尘与土

与长城为邻，你就这样长伴青山
永定河，永远定格在岁月与长河之间
洗净铅华，素面朝天
在峰峦间，你用一个个弯弯曲曲的问号
问天，问地，也问这生生不息的家园
把一个个问号写在大地上
交给长城执笔，交给青山作答
也许只有岁月才有一条河的答案吧

在官厅成湖之前，你是桀骜不羁的猛士
在高峡平湖之后，你是温文尔雅的儒生

我不知道你千年之前的模样

只知道你在"一定要根治海河"誓言里改变了性格

我也不知道你千年之后的模样

或许，你依然是这里款款而行的风华少年

在这群峰之间，优雅成一轮风雅的岁月之歌

永定河，一条流淌着诗意的河

它总能在你最有灵感的时候

拨动你驿动的心

诗意，也便在这潺潺的流水里淘洗、提纯

只有当你趟过河水的时候

你才能体会历史的厚重、岁月的悠然

听禅·潭拓寺

听禅，只在潭拓寺静中领会

一杯香茗，几张素笺

在岁月静好里看落霞孤鹜，秋水长天

在时光悠然里看草长莺飞，鸿雁南飞

时光总随着悠然的禅意潮起潮落

我也在悠然的时光中洗净铅华

潭柘寺，依然年轻而美丽，

一如这寺中的风中，热情而庄重

清风拂了几千年，这禅声就飘了几千年

还有那晨钟暮鼓，敲落岁月也敲落寒霜

或许，禅意就在这风中，在这份宁静里

我不问禅，只把禅意写在春的嫩绿里、秋的金黄中

偶尔，我会弯腰拾捡一两枚失落的足迹

夹在岁月的扉页里

这里的每一枚足迹浸满了禅意清风，和清风中的禅意

一如两袖清风的我

直到悠扬的经声再起，再次把空灵填满山川

和这山川里的每一个听禅的人

岁月静好，禅意悠然

听禅，只在潭拓寺的清风里

只需把自己听成一尊雕像

在岁月与梵音里，洗心、革面

吟诵·百花山

这山，真的有百种花吗

次第开放间，渲染了谁的眼睛？

只一瞬，就开遍整个群山

这芬芳就覆盖在燕山流脉里的一隅方寸之间

百花山，一个用百花和世界对话的地方

花语，诉说的就是门头沟的诗意

尘世间，我们用花的视角审视山川大地

而花，也用诗意的绽放吟诵朝阳

在百花山，每一朵花都是有灵性的

每一处绿荫，也都有花的信息

也只有你走进百花山，才能品味百花的魅力

漫步，在悠闲之间

百花总能迷乱你的眼睛

让你的脚步流连、流连、再流连

也只有这里

让你的心情沉浸、沉浸、再沉浸

在沉浸中欣赏诗意的百花山

和百花山中诗意的门头沟

亲爱的朋友，欢迎你来门头沟（节选）

邓明华

（一）

啊！亲爱的朋友！你可曾来过京西的门头沟？

你可知否，这里有着别处没有的得天独厚？

你从来都是为了内心的远方，天南海北到处走，

今天我告诉你，那些所追所求，就在这儿的山前岭后；

你从来都是为了片刻的精彩，上天入地去追求，

现在我对你说，那些所梦所想，就在这儿的一左一右。

啊！亲爱的朋友！你对内心的体验有那样高的要求——

东临碣石你看厌了沧海横流，西出阳关你见惯了满天星斗；

小住塞北，你说苍凉有余，柔婉不够；

感悟江南，你说杏花烟雨中又缺几分豪爽的嚼头。

哦，我的朋友！欢迎你来门头沟，这里真的不怕你挑肥拣瘦：

这里的天会告诉你什么是纯净蔚蓝，白云悠悠；

这里的地会告诉你什么是物产丰富，遍植桃柳；

这里的人会告诉你什么是勤劳勇敢，朴实敦厚；

这里的人文历史会告诉你许许多多的爱恨情仇！

（二）

东胡林人的文明密码在这里繁衍复制，弥新历久；

仁人志士的高尚情怀在这里生根开花，地杰人优——

马致远在京西古道上行吟，西风嗖嗖；

萧克将军在马兰村挺进军司令部里筹谋，目光炯炯；

金章宗于仰山栖隐寺筑水院行宫，乐以忘忧；

孙承泽居樱桃沟退翁亭著书立说，神思畅游。

…… ……

灵山高呦，百花山秀，妙峰山的民俗第一流；

戒台寺的戒坛是全国之首，潭柘寺的十景美不胜收……

看啊！哺育燕赵大地的永定河就从这里奔出了山口，

这文明的使者孕育了两岸的富庶繁华，钟灵毓秀。

有数不清的地域风物，道不尽的文化遗留；

看不够的天然美景，说不完的古今春秋！

（三）

春到门头沟，那是山花烂漫的时候——

不必说河湖碧透，寺庙清幽；也不必说山林滴翠，沟谷芳流；

不必说桃花娇艳，杏花娟秀；更不必说梨花带雨，玉兰翘首。

单说永定河谷的清风就会使你神清气爽，心脑通透。

别着急，且慢走！尝尝春姑娘在这儿带给你的野蔌珍馐！

榆钱儿甜，槐花幽，苦麻儿沁绿，香椿泛油；

马齿苋的包子、玫瑰酒，婆婆丁的茶饮、荠菜粥。

…… ……

夏到门头沟，那是清凉避暑好去处，

你不必特意去找檐下树后，山里的清凉会跟着你走；

你去灵山一游，它就在这北京最高的山头；

你去雁翅聚首，它就在珍珠湖的游船上和你一起漂流；

你去灵岳寺探幽，它在白铁山仙人洞里等候；

你去爨底下小休，它又跟你藏猫猫似的躲进古民居的瓦缶。

…… ……

秋到门头沟，满山红叶霜染透，果实喜人满枝头——

绿的是山杏，红的是石榴；黄的是甜梨，紫的是葡萄。

大杏仁远近闻名，纸核桃历史悠久；

陇驾庄的盖柿甜滑爽口，　太子墓的苹果美味多肉，

樱桃沟的樱桃是皇室贡品，军庄的白梨专供慈禧太后！

…… ……

冬到门头沟，梨花满树擎皓首，冰瀑凌空冻飞流！

双龙峡晶莹剔透，西胡林有水晶般的冰沟；

神泉峡天挂白绸，瓜草地的山泉变成了凝固的琼浆御酒！

走累了，且停留！一壶老酒约上楼，特色美食管你够——

黄鱼、饼子搭蒜拌土豆，炸糕、奎缕伴火盆豆腐；

排叉、油香就斋堂酸粥，烙黄、拨鱼儿配京西压肉。

…… ……

斋堂川的山梨子十分讲究，柏峪村的燕歌戏雅俗兼修；

千军台的古幡会由来已久，京西太平鼓舞出万千锦绣！

到龙泉务拿童子鼓练练手，去王平镇给落子戏加加油，

军庄的锣鼓震天响呦，清水的地秧歌怎么浪怎么扭！

骡队走过运拢驮连绵不休，香客走过表虔心进香叩首；
士兵走过奉军令防敌御寇，商旅走过做贸易满足供求。
黑黑的乌金运出了山口，烧热了王公大臣的炕头；
白白的银子流进了山沟，增添了平民百姓的福寿。
看看琉璃渠的往事春秋——
普通的村落竟有黄琉璃顶的过街楼！
千年的琉璃技艺，天王老子也离不开他们那双巧手；
有了这个村才有了京城金碧辉煌的鸿图华构，
有了这个村才有了帝都碧瓦朱檐的玉宇琼楼！

游门头沟，再次遇见戒（组诗）

文　杰

在戒台寺

一生都在围绕着一个字
戒烟戒酒，戒贪戒欲……

在戒台寺，又遇见戒
便整宿不得入眠

眼一闭上，就听见
钟声悠悠远远
不知缘何而来

赶早，住持说
施主看我等众僧
三千发丝尽去，戒
才坐定信念

灵山

以为是成佛的山

云海缭绕，林涛起伏

对于像我这样的向佛之人

每一步都是轻的

发现这里的草，长得

特别有灵气

那人像是走累了

本来坐在石头上歇息的

可还是被一个人责怪提醒

"别压着边上的草了"

蹲下身，去接一叶草尖露珠

摇曳着伸过来的热情

在灵山，我遇上一个惜草之人

与自然聆听，对上话

爱得宏大又极其卑微

在戒台寺遇下雪

大雪压松，挺且直

何况戒台寺，还有一个戒

来吧。大雪

你看撞钟的小沙弥师傅

以前是扫自家门前的雪
现在，扫落在戒台寺的雪

哗哗声，若进寺烧香之人
身上脱落的一层层俗世

像是谕我，再若不戒
还要生出好多事端

古道絮语

张溪芜

随山势起伏的路。在鹰的眼里

穿云破雾，石头铁硬

百年之外千年之外往来的队伍，踏溅

暗夜的火花，留下的蹄窝密集而深刻

风在里面打捞阳光，我两眼酸涩

那是队伍一路遗弃的叹息么

谁能说得清，荒寂的古道

曾累倒多少牲口和人，以及

有多少思亲的苦曲儿

从岭上飘落谷底

被岁月掩埋

永定河的水，穿越了一条山脉

太行山的风，将古寺的钟声灌满

山谷，甚至林子里的鸟儿

没有一天停止歌唱，而古道网罗的

村落，却在昏睡中苍老着

囚禁在陈旧时光里的人，被潭柘寺

戒台寺灵岳寺和栖隐寺的香火

催眠，于是梦成为一种生活状态

山野间成片疯长的草，在微弱的
鼾声里，全都变成了金黄金黄的
麦子

其实醒着的人也会有梦，例如马致远
听小桥流水，看老树昏鸦
忧古道西风瘦马，叹天涯断肠人
他的梦躲在一曲《秋思》里，几百年了
而从诗歌中醒来的山乡，再次叫响了
他的名字，这时我站在大山之巅
满眼都是诗的颜色，漫山遍野
花朵在青翠间绽放
燕雀在碧波上滑翔
盘山路上奔跑的，不会是驮煤驮盐的
瘦马

过往的时光，已然被鲜亮的春色
覆盖，用传奇链接的古道不乏传说
当然还可以生产许多故事，我想说
别劳神了吧，该珍藏的送进博物馆
该唾弃的，葬入坟墓
切莫让生长诗歌的山水，沾染
发霉的气味
清气荡漾的地方，即便是来散步
也等于沐浴了，洗去的除了疲劳

烦躁，还有沉积在心缝里的
污垢

我不是考古的学者
随山势起伏的路，在我的眼里
是一把钥匙，我用它打开一扇门
走进诗意的王国，就想一个人
坐在岸边柳下，领略鹰击长空的
气势，欣赏鱼翔浅底的自由
听一听草丛中
蛐蛐的轻吟浅唱，用河水净一净
手，采一束粉红色的野花
然后静静地等着
明月入怀

2017.6.7 于通州

门头沟，一方诗意的山水（组诗）

程东斌

永定河，在诗意中流淌

永定河，蜿蜒于辽阔大地的一根脉管
用涛声细数时光的更迭，在一次次易名的抖颤中
抱紧心中一枚枚高蹈的词语，用一泻千里的才情和笔触
书写着震古烁今的诗篇

澡水汤汤。炎黄子孙有割不断的脐带，每一声清脆的啼哭
都会激起一层涟漪，被这条母亲河豢养、放逐
一条河的走向，早已和岸边的炊烟签下生死契约
粗粝的笔迹，向上，着墨于朗朗的青天
向前，描写着人间的灯火以及逐渐加厚的时光史

永定河，用滔滔的河水濯洗日月，孕育五谷的芳香
流淌的河水，悲悯的肉身。丰盈和瘦瘠延续着你的呼吸
断流的宿疾，让你布满一身悲怆的伤疤
龟裂的河床，显露出峥嵘的骨头
那一粒粒方块字，沧桑了诗歌的纹理

毒蛊种植于桑葚成熟的季节，酸甜的果子

滋润隋朝嘴唇的同时，也击中了澡水久治不愈的伤口

一条河在痛心疾首中被冠以一个尴尬的别称

蓄满墨汁的毛笔，用龙飞凤舞的姿势来行走；一条河

她的行走只能是流淌，再流淌。澡水，携着满天的星光

趟过桑干河，越过卢沟，终于抵达京之西南，永定之地

永定河，自门头沟三家店流入的河水，便具清澈之美

丰盈之姿。取出百余公里的身段，将一方灵山秀水

紧紧缠绕。每一滴永定河水都涤尽泥沙，一如洁净的词语

准确地表达巍巍太行、长城古堡逸出的诗意

永定河水面升腾的薄雾，暗合了千年古寺至善的佛烟

临水照影的诗人，与永定河交谈间　，交换了水中豢养的明月

一枚印戳，同时烙在诗人和永定河的灵魂中

在灵山，捡拾澄明而芬芳的词语

门头沟西北部，灵山。海拔 2303 米的高峰

抬高了北京瞭望的眼眸。绵延的山坡斜缓十数里

入云的峰巅，接纳了天宫洒下的瑰丽的种子

加以云雾和雨水润泽，化成满山的芬芳

坚硬的石头，坐化成肥沃的泥土，庇佑了野韭菜、黄花菜

鹿蹄草以及七瓣莲，一季季花期的葳蕤

熄灭的闪电，碎成乡愁的火焰，带着露珠的清澈和温柔

溶入一只只瞳孔之中。奔跑中金钱豹、野山羊、狍子、野猪

用踏实的脚印，破译了灵山的密码
用明亮的眸子寻找到了星光中的家园

灵山。饱含灵气之地用时光和词语堆积成巍峨的高峰
用月光拓印下群山排列或奔跑的姿势
会当凌绝顶的一枚太阳，散发出亿万根炙热的手指
轻叩轩辕之丘的梦境，抚摸古城墙斑驳的记忆
弹拨群山拱起的天地之琴。天籁之音，从此不绝
一览众山小的目及之地，缀枝的樱桃将一方山水的酸甜
高高举起。灵山的一草一木，犹如灵气附体
用葱绿和蓬勃，为一幅辽阔的芬芳画卷，添加神来之笔

登灵山，我惊叹于山麓与山顶存在的隔世差异
华北地区植被基因库逸出的芳香和翠绿，布满了每一级台阶
每一米海拔，像溢满花香的旋梯，引入神秘的楼阁
雪落灵山。雪，旷世的良药，治愈了断层山的裂缝
抹平褶皱山的峥嵘和沧桑。令人叹为观止的是
一树树红彤彤的枫叶，迎接到了如期而至的闺蜜
前世的宿敌，在灵山之中握手言和
红与白，冰与火，相偎相依，互诉衷肠。火焰在白雪上燃烧
时光交错的画境，发出阵阵裂帛的声响

百花山，门头沟的一处世外桃源

门头沟，黄塔乡清水镇。百花山。不绝的清风
用温柔的手指翻阅一本集聚奇花异草的书籍
丰沛的雨水，给予土地的温润，分拣更迭的季节
百花山，拨动着一颗草芥之心，让澎湃的脉管
鼓出鸟语花香以及辽阔的草药香气
百花山上，一池池清泉，清澈如透明的眸子，凝视苍穹
千年的神交和耳语，让一座山多了几分仙气
让百花山的森林生态系统获得一枚枚绿色的印戳

在百花山宗谱中，横空出世了一个三字姓——百花山
百花山花楸、百花山柴胡、百花山葡萄、百花山鹅观草
百花山毛苔草。一方水土孕育的特有植物
犁开了一条血脉之河，激起的水滴饱浸草药的醇香
微漾的涟漪梳理着百花山的呢喃和思绪
一条芬芳的河，载一个姓氏流淌于远方，流淌出诗意

畅游百花山，陷入药香中。五味子、刺五加、党参、桔梗
以及太平花、蓝荆子、铃兰，它们恪守着各自的火焰和味性
点燃百花山每一寸土地筑起的灯盏，治疗着一座山的乡愁
鸟鸣是一种飞翔的水珠，带着清脆和婉转，布满整个百花山
山雀、黄鹂、杜鹃，沿着山的弧度飞翔，打开自由的歌喉
起伏的旋律中，渐渐地融入了纯正的京味

百花山豢养的褐马鸡、斑羚、金雕、豹以及狍子、雀鹰

葱郁的山坡取出它们奔跑的足迹，取出掷地有声的汉字

取出汉字里繁衍的星光，来续写一首诗的生生不息

百花山，门头沟的一处世外桃源

用襁褓的乳香，诠释了花开的密语

疏浚了，时光缝隙中的飞禽走兽血管中残留的寒冷和瘀滞

每一朵花在开合之间，如同一本经书在清风中

泄露了芳香和禅意

飞禽，用有力的翅膀将一行行感恩的诗句，写在辽阔的天空

走兽，用篆字般的足印，雕刻于百花山深邃的呼吸中

潭柘寺（外二首）

宗德宏

先于紫禁城，有屋近千
每天升起袅袅青烟

比天地小一点，让人大开眼界
追根溯源，回到一千七百年前
沉默的古风，湮不了神韵
香火讲述着旺盛。护法、佑安
山上柘树、寺后龙潭
一曲禅音、两句佛语
其神力可以盖住整座大山
问心无愧者，叩拜坦然
心怀鬼胎者跪着也惊慌
我以为这是上天
造化的一片净土，坐落人间

但凡如是，灯盏无尘
清绝的晨钟暮鼓永远

永定河

早一改旧容颜
悦耳的流水声多么动听

傍岸而行，凉爽的晚风
脉脉含情
在人们的身边，仿佛一双手
抚摸出远去的梦
诗意和雅兴，顿时
如影随形
今夜呀，我愿与月相邀
把此去的归程照明
灰暗的日子里，尤其需要引领
而在灯光的延伸处
河水晶莹

传说三百万的年纪有证
永定河，入海穿峰

爨底下

京西深山峡谷中
鸡鸣三更早

又是一天春晓

沿青石小路，登高
俯瞰或者环视
目光所及，苍茫正好
这一片旧民居
别于它。当初的建造
妙笔生花
精绝处，令人意想不到
但得心怡闲情时
可去远郊

待识天下古村落
纛底下走一遭
山山水水不遥迢

归去来兮：门头沟

王文海

"任何一种环境或一个人，初次见面就感到离别的隐痛时，你必定爱上她了。"

——题记

序曲：春光乍泄

有许多事物拒绝出声，藏身于俗世
但金色的质地却被阳光朗诵
它们将大爱简化为一种自在
可内涵的品质遮掩不住非凡的气概

当有人漫不经心地说出：永定河三个字
我看见蝴蝶和蜜蜂瞬间飞了过来
当有人轻轻说出了门、头、沟
宝藏的钥匙掀起了夏日的波澜

退回到尘埃里，我们才能看清世界
站在哲学的侧面，是为了爬上更高的山巅
因为辽阔，也因为辽阔以外的事情
为此，我动用了库存的所有闪电

人间：草根天堂

我无法准确地说出什么是爱

当你想哭，止不住想流泪

当你可以指认自己的前世

当你不愿走了，就在这里坐下来

闪电只是这里常开的一种花朵

蝴蝶是喝醉后被碰碎的酒杯

三步一处花园，两步一吨鸟鸣

头顶的苍穹还悬着少女的泪痕

在门头沟，美有了她们最后的归宿

这里的山有月亮的高度

这里的水有酒精的醇度

这里的风有恋爱的甜度

这里的人有自然的风度

如果可以遗忘，就从这里忘却

如果可以铭记，就从这里记起

着墨：国画境界

五月，可以把形容词变为动词的季节

你自信的眼神，闪烁在湖波树林间

刚好蓝到了天空的三分之二
这种韵味足够颠覆我所有的经验

一场梦境再乘以一场梦境
这应该是永定河的二次方程
千年的美妙只是大山独自的心事
高于星光的仰望其实低于溪流下的幸福

抬手之处，皆是中国水墨画
因为相同，我们自成山色
我看到了你暗藏的灯火
和不语的辽阔，这些足够了
因为依恋，成就了我微弱的磅礴

未参赛作品

试笔门头沟二题
——写给门头沟中小学生的短笺

巴彦布

初读门头沟

这是一个怎样的吉日良辰

命运的风

将我吹到你的膝下之时

恰群山喷绿　银练淙淙

新楼老山对望　蓝空清气袭人

当年的红领巾　飘入滚热的双眸

重燃起　我记忆的流云

啊啊　此刻这竟是一场六十余年后的

圆梦

知你大名　是你的雄阔高耸连绵

曾拔高了我那童心的视野

拱卫京华　尽览我华北大平原风光胜景

念你的付出　是拌着血泪掘出的乌金

复合着光与热

抗击着一方人间的寒冷

——尽管自身也未甩脱那苦寒与饥馑

敬你的血性与品格　乃京西的火种与枪声

托举起民心尊严的火炬

以及那山区人民的"人望幸福　树望春"

由此，门头沟的山、水、林、石、路

以其天性本真　俘获了多少爱它的人

包括那位身经百战的元帅诗人①

妙峰山至今回荡着

他那骑驴登临的快慰与豪情

门头沟的山山水水啊

从来就有诗兴与童心齐飞之神功

那时　我不会说："厉害了，我的国！"

"门头沟　棒棒哒！""京西的山太酷了"

但言：那时不知门头沟的风景足以放情

倒是不真实的事情

斗转星移……门头沟的盎然春色

绽放于"中国梦"礼花之凌空

"绿水青山就是金山银山"

——这一天/地/人齐呼共盼的千年之愿

---

① 指陈毅元帅

门头沟春晓由此转身而

露出了各种看不见的财富之真容

同是北方名山　身居龙脉　无言自重

远望你的山顶吧　潭柘寺与戒台寺的金光

早已抖翅于海内外华人内心而不仅仅

是佛教信众

最懂也最早践行"普世情怀"的

中　国　门　头　沟　人

以乐善与扬善的行动化为习俗

从古至今的故事物证已从庙里走向村中

啊　中华美德之光……光圈脉脉

啊　人性民风之树……扎根葱茏

门头沟人　本来就是这里的一道感人风景

驻足于诗贤老祖马致远的庭院

各色人种玩味不尽他那

以最简汉字刺绣出的心灵风景

神奇的汉字及中国诗人独创性的表述

为人类精神花园捧来琥珀与真金

为健肺　养心　壮骨而来这里的山路上攀登吗?

为活力与诗意栖居到此旅游度假吗?

而真能读全这里看不尽的风景

非来当一次"门头沟人",并与之结伴同行

有关这里人曾有的追索，脊梁，腿杆儿与胸

有关祖国曾在敌视、唱衰下怎样岿然　又

怎样成为一个国度的符号缩影

——从当年变黑的门头沟麻雀

到今天企盼这里的房价不变或缓升

还要一一描述它的风光特色吗

还是解读"万国来朝"的历史情景吗

此刻　伫立于"一带一路"的春海千潮里

又一处名叫"诗意门头沟"的金匾

正从我的心上　举过头顶……

娃儿们　这可是一名牧民老头眼中

你们家乡的精气神！

2017.6.19 于北京八大处

有一位叫张志民的诗人爷爷

——为门头沟诗人群素描之一

未能跟在他身后　捡拾子弹壳

写诗于斋堂山地上下

笔坚字重　无一笔轻浅油滑

但他笔下庄户人家的嬉笑怒骂

告诉我：何为骨肉手足之情的抒写表达！

那一刻，我想起家兄教我怎样做农活儿

班任老师帮我解难题教我算法……

无法随他西行　弹拨起诗的竖琴

以他独有的妙笔生花

在中国诗耕地上真情播撒

但整部《西行剪影》我曾篇篇背下

比如　"群山收夜帐

轻雾挂晨纱……"

比如　"长城高　千山小

塞上白云多

去来拦飞鸟"

那时候，我看到他为民而歌的鲜活井喷

我艳羡他为国赋诗的才思潇洒

三十年前　终于同会于泰京曼谷之夜①

不夜城珠光宝气下　他慈爱的眸子

比海波光影可亲

他病体中的脊梁　有如林中之塔②

老工人师傅的着装气质朴实无华

即使沉思不语

亦如"压舱石"（是产自门头沟的石头吧?）

他的"我们中国大陆九名诗人赴会

是来'建桥'

---

① 1988，11，第十届世界诗人大会
② 志民先生多年苦于糖尿病折磨

曼谷之桥——诗之桥

让诗与爱与歌，与和平，与环保大自然，

与人类同一家园

畅行如流芳香天下……"

这短语啊如滚雷似礼花

在海内外华文诗人心海上空绽放如霞

燃爆了我那辞拙却情炽的

——"四十年来　一杯酒

来呀，一杯干尽 40 年……"

成了海峡两岸诗人相会的心音与呼声

又总是在心潮逐浪处

爆　　发

……　……

娃儿们　每当我接过诗苑国刊

就像看到他　又要想到斋堂门头沟

以及国色天香和吐艳的百花……

2017. 6. 21　定稿于八大处

京西古道拾遗（组诗）

寇宗鄂

牛角岭

在山与山的断裂处
筑起一座关楼
就筑起一道屏障
据此险要，京西
便固若金汤
关楼算不上高大雄伟
却也有它骄傲的理由
任几多王朝几多娇子
都必须从胯下经过

京西古道上
来往的马帮
经年累月地攀爬
腿功比青石板过硬
时间是手艺高超的工匠
悉心打磨每一个脚窝
商旅的汗水

和负重的生灵

脚寓里的喘息

和断肠人的呻吟

被嵌入古道，刻成

一首首丁当作响的诗

这无数深深的蹄窝里

有岁月的隐喻

让后人去解读

历史的步履下

一如钢铁的旋纹

一层层刻进

生命的沉重与艰辛

望前人远去的背影

让我深深地敬畏

上次在牛角岭徘徊踟蹰

至今让我感觉羞愧

中国无数的关隘

早已被记忆风化

唯牛角岭

因一位皇帝的悲悯

免了百姓过关的税银

于是那圣旨和

那浩荡皇恩

站成一通石碑

更是口碑无形

——知冷知热

懂得好歹的

最是百姓心

2017. 5. 13

石碾

在爨底下村

最吸引眼球的

是那盘古老的石碾

我仿佛看到

被毛驴拖拉着的

那缓慢转动的年月

人类几千年来

与石头不离不弃

石头是生活最坚硬的部分

也默默奉献一片柔情

然而从日子充电那天起

碾子就像一台停摆的钟

它所幸没有被丢弃

让工具变身艺术

如今成了稀罕的宝贝

在村子的中心

游人必经的路上

纷纷停下脚步

像面对百岁老人

行注目礼

本村的一位老农介绍说

现在

三十岁以下的年轻人

和城里人都不认识它

更不懂

这碾子的公道

不管穷富

碾米压面

一律分文不取

2017. 5. 13

沿河城

这是一座袖珍的小城

这是几百年前

中国最早的

乡村里的城市和

城市里的乡村

是谁这般超前

巧妙地聚拢人气

像这么抱团

戚家军的后裔

世代守望的家园

很古典很本真

很幽雅很恬淡

没有人声嘈杂

没有汽车的尾气

呼吸里唯有

一丝丝甘甜

城门连着街衢

戏楼对着商铺银号

麻雀虽小肝胆俱全

像克隆的鸡鸣驿

像宛平县的缩小版

虽然都是原创

也稍嫌一点残缺

有门无楼有墙无垛

现实也有遗珠之憾

但我认识的作家吕秀玉

她是沿河城的女儿

一页褪色的历史

正在她的笔下还原

2017. 5. 17

京西的诗思

曾凡华

马致远

——京西门头沟有元代诗人马致远的旧居，其小令《天净沙·
秋思》至今仍脍炙人口……

站在牛角岭关城的门洞望过去

那条柔肠寸断的路可直抵

您安在门头沟里的家

此刻　我循着《天净沙》

沉沉下行的节奏

在京西古道的大键盘上

敲出这些文字

让其深深地嵌进　青石板的肉身里

使之产生某种岁月之疼

当了一辈子兵

没打过几次像样的仗

写了一辈子诗

没写出几句像样的诗

人生的悲哀莫过于此

还有什么值得炫耀与艳羡

不如绕道军都山

一洗心中的块垒　或唱一个喏

潜水到元人小令的意象里

作一次亘古之思

其实　干干净净地活一生

何尝不是一种境界

最后的鸟声落了下来

您栖居的山坳里

有呜咽的鹧鸪在啼

从官场告退

品尝茅屋为秋风所撼的快感

是另一番人生

更何况西窗有月南山有菊

东篱有老树北边有古道

任您拈须自度　炼字如金

归隐林泉才有自我情愫的放达

才能将一生的坎坷与漂泊

全凝聚在这二十八个字里

成为经典里的经典

您将汉语的睿智灵动与

丰饶内在的张力

表现得如此之纯

您将文人的自我思辨与

岁月的沧桑游移

揭示得如此之美

萧 克

——1938 年 12 月 25 日，八路军冀热察挺进军在门头沟成立，萧克任司令……

京西的百花山里找不到

您的伟岸与冷峻

却在斋堂川的溪水中钓得

几尾活蹦乱跳的红鱼

湮远的黄昏　您兀立于

十万分之一的军用地图前

令游走的鱼头直指沦陷的北平

内心却暗暗地构思着一部小说

破解日军十路围攻

正是作品主题的应有之意

待枯藤在将死的老树上结缡

日光之羽从群鸦的黑翅下逝去

冀热察挺进军的军歌于

平西根据地轰然响起

纷纷坠落的就不仅仅是

旗子样的太阳

鸟声横陈　我手捧您

亲笔题赠的《浴血罗霄》

逡巡于平西的山水林壑间

试图辨认古道上的足印与蹄印

哪一处是您留下的

当暮色悄然四合的时候

潭柘寺的鼓音敲出了

诗一般的节奏

我匆匆告别斋堂川

您开辟的红色走廊

踅回军庄镇那片葱茏

想起那个四月养花天与

您在花都见面

您闪闪放光的额头

写着疑虑与森严

每当念及平西平北以及

延安的陈年旧事

总是欲言又止　欲语还休

您把那么多未为人知的

壮烈与风流

深深地嵌进南国的椰影里

让夜色带走

其实　您对江山城郭与

世道人心皆了如指掌

只因那时　还有魍魉魑魅作祟

如今　当年的根据地　已天朗气清

老房东们正在打造红色之旅

张志民

——1947 年，出自门头沟的诗人张志民出版其成名作《死不着》，党的十一届三中全会之后，又出版续篇《死不着的后代们》……

您曾对我说

北京若是有一条大河

那该是怎样一种风景

眼下　正在疏浚的永定河已

有沧浪之声

南来的水虽没有

浩浩荡荡的气势

却有壮阔的活剧在两岸上演

您知道这一切却只是

沉默只是在诗里发言

您说永定河原名无定河

虽不是春闺梦里人的那一条

但河边先烈的骨殖是收殓过的

直到死您仍在牵挂

死不着的后代们

那困惑了一生一世水的命题

成为您挥之不去的落寞与乡愁

而笔端飞出的华彩与沉雄

隐含了一种史诗的结局

六月　门头沟的山野还真是野

由着野荠菜花白白地开

开过了南坨开北坨

一直开到妙峰山的山尖尖

艾青说您是"林中的一棵大树"

您说这瘦骨嶙峋的野荠菜

也是生命一种存在

从大地角度看这个世界

虽卑微却应得到树一样的尊严

无论是王九还是死不着的后代

穿一身短打还是着一袭长衫

无论您的诗中有多少意象的叠加

于我　都是具象的摸得着的情感

呵　我不知这属于人本还是文本

总之　映入我眼底的也就

进入了我的心间

群山之巅，晨曦浮动

曹宇翔

灵水村鸟巢

在太行山与北京城之间
一只黝黑的鸟巢，悬在半空
这里是门头沟灵水村
此刻恰是正午时分
拾级而上的古老院落
山墙，溢出桃花和寂静

仰望啊，巨柏盘旋欲飞
辽远汹涌的湛蓝淹没苍穹
一定有什么事物去了天上
或从天上来到了尘世
在大地和天空之间
留下一个幽深的黑洞

我体内一个孩子爬上了大树
空中宅第，回响谁的乳名
这是喜鹊窝还是斑鸠窝

鸟儿衔枝编织的空中之筐

递给大自然之神的果篮，必定

装过雪花，月光和春风

东去天安门 25 公里

距我童年，大约 20 米

被万物，旷远和往事团团围住

仰望啊，一枚图钉摁向蓝天

悬浮的大海永不脱落，云帆

驶过，内心的波涛平静

复活了我人生的全部记忆

生活热情，对大地的爱

2017. 5. 16

永定河星空

刚才永定河对岸的山冈

翻了个身，又泥团般酣然入梦

山坡上校舍，昔日的营房

今晚我和同伴们住在这里

午夜无眠，悄悄走到楼下空地

我要看一看久违的星星

一抬头，一天星斗又大又亮

没有被光污染的史前星空

在这边，在那边，灼灼之花

细碎花瓣，星星被清水一一洗过

星空的穹庐，盛大的歌咏

像世界中心又似大地尽头

我真切感到脚下的地球在旋转

脸颊微凉，有嗖嗖风声

星光照着岁月也照旅人

青春的梦想，鬓角微霜

几十年我游历了沧桑大地

而星星还在原处竟一动不动

天幕之上该是怎样的另一个世界

星星针孔透出神秘光亮

懵懂人类未知的时空

未见众神踩着星光软梯

从天上降临，也许已降临

只是看不见他们面孔，当夜色

潮汐般从山野和我内心缓缓退去

他们一转身扮成一条河

哗哗流淌，扮成一棵树若无其事

扮成一只鸟，在枝头啼鸣

2017. 5. 18

妙峰山东望

踮起脚尖，我就清晰看到

1976 年初春深夜的丰台火车站

一群刚下车的新兵东张西望

认出月台上 18 岁的我

一身新军衣还没缀帽徽领章

曾经的栖居地，亲切地名

851 信箱的朝霞，农展馆月光

王府井，阜成门，景山后街

那是谁的踽踽身影？风雨中的我

泥淖里的我，飘雪的日子

大提琴漫步秋日黄昏

魏公村冬夜，一盏孤寂台灯

前不久我和一位同龄诗人

走过西城他曾住过的一条小街

他说熟悉的街景让他伤感

一阵风吹过我生命的旷野

往事如深秋，遍地落叶风吹作响

而我该有多少眷恋，苦涩

疼痛，青春年华一去不返

没有谁能躲得过生活的重负

我看到我少校儿子那时是

白石桥咿呀孩童，我病中的老母亲

在马连道街边买菜……多少惦念

揪心的记忆，已被尘土掩埋

夹进命运之书的一枚枚书签

是我心灵的长喊，疲惫的身影

谁赐机缘让我来此凭眺

我的命运，旅途，我的人生

把一座陌生的城市住成了家乡

北京，一切我都不曾遗忘

胸中突然热浪滚滚，隐隐

泪光，是酸楚还是欢欣

一道温暖曙光抚摸着我的脸

像母亲安慰自己的孩子

啊，群山之巅，晨曦浮动

2017.6 月 .6 门头沟采风归来

门头沟山凹遇晨读老汉师广照

王久辛

摁进烟袋锅的

还有法老谗涎欲滴的口水

和宠妃还是侯爵小女儿时

无邪的丽眼儿……

师广照，七十四年前

从门头沟地瓜秧子里

拱出来的土地局退休老干部

悠闲地坐在《法老的宠妃》之上

太阳之下，在字里行间抽烟

黄金叶儿化成的烟

经过他的嘬吸，进入肺叶进入

三千年前埃及古国的皇宫游荡

嘬吸使他怡然自得

游荡的烟，使他的肺

如皇宫的金碧辉煌……

法老的第七个儿子

看上了侯爵的小女儿

问题是师广照老汉有两副烟具

一具烟斗，俄罗斯的托尔斯泰叼着写作

一具烟锅，中国北方的老农掖在裤腰干活

他换着抽——像法老换着宠幸妃子

是。法老也和他的儿子一样

看上了侯爵的小女儿

这就像师广照老汉

此刻，不用烟斗用烟袋锅子……

这是一个古老的皇权与爱情的传说

当然，也是一个现实版的

大佬们与爱情的故事

而且比烟斗比烟袋锅子更古老更现代

在古老的太阳重新年轻起来后

或者年轻的月亮重新变得古老以后

法老便有了新的宠妃

而师广照老汉

也获得了悠哉悠哉

品咂情深意长的惬意

审美不需要思想

不需要启示，更没什么好批判的

像法老是一个悠远的尊称

而宠妃不过是一个消失的排场

在师广照老人退休后闲居山洼

打发今生所剩不多的时间里

这一刻的这一页穿越——真真是美好的

像他的旱烟是美好的

烟斗是美好的，他肺里游荡的烟

对于心情来说，也是美好的

门头沟群山环抱的每一个山坳

统统都是美好的。包括法老的老

和宠妃的妃，也都是美好的。

美好得可以进入角色

法老与老汉，老汉与宠妃

宠妃与老汉，一日长于三千年

三千年短于一瞬间——一瞬间的幻想

甚至大于三千年，三千年的互换

全在门头沟的群山之中

一个小山村的小院儿里完成

一瞬间被一口烟概括

一口烟被法老与宠妃复活

被老汉师广照消遣

读书多么美好

读书的老人多么美好

读着古老爱情之书的老人

岂不是美好的美好

穿越归来又美好之极的师广照

在获得了《法老的宠妃》里所有的

爱情之后，此刻又来到我的诗行

岂不更美好如妖娥的长袖曼舞？

2017.5.7 上午

门头沟二题

刘向东

灵水村的老房子

老房子老了

越来越老

燕子飞走了留下老巢

山墙裂了三道缝儿

歪着身子

坚持不倒

危檐蒿草

顺着瓦垄爬上去

站在龙脊上持续张望

上面是老高老高的星辰

下面是梦归的眠床

留着梦呢

永定河

老辈子人的骨头
都埋在这儿了
在太行山的影子下面
河岸边边走边唱
接近今生最初的梦境

哦，水色天光，一川石响
比清亮更清亮，比美还美

河水急拐弯的时候
水寒伤马骨
拐进边塞诗最凉的一行

说出来不怕没人相信
北京城里的后海、北海、中南海
都是永定河故道的遗存

那么现在，当你远去
让我来送你，带上我的骨头
到唢呐的尽头

门头沟诗草（三首）

杨志学

话说门头沟

题记：马致远乃门头沟人也。吾一时兴起，仿马氏《天净沙·秋思》作小诗一首。

潭柘戒台百花

碧水蓝天流霞

诗人学者画家

门头沟里

看景不必说话

京西古道走笔

京西古道，可以追溯到远古

它成于春秋，盛于金元，延续到

明清民国，商旅不绝于途……

一条路，高高低低，要穿越

多少座山梁，连接起多少梦想

一条道，曲曲弯弯，沿途会
设下多少驿站，安顿下几多悲欢

蹄窝深深，佐证着古道的真实
山野静静，呈现主体及周边
环境的完好，如遗世独立超然世外

其实，从古道向东，几十公里外
就是繁华而喧闹的长安街啊

无数条宽阔而平坦的大道
却消除不了人间的坎坷与不平

无尽的财富和飞快的速度
也驱逐不走人的孤寂忧伤和痛苦

人啊人，去京西古道走走吧
古道尚存，而人心却已不古……

京西古道遇马

步入古道不久，在一个茶亭
我就看见了几匹马，它们

被拴在护栏的木桩上
呆呆的，看着或无视过往之人

商机，无处不在的商机啊
但今天，我却打定主意不骑马

骑马游古道，虽潇洒，却有点假
那马是外在于我，像道具或摆设

而好的状态，应该是人马交融
人不通马语，马不懂人话，但可以沟通

你要饥渴着马的饥渴
你要忧伤着马的忧伤

只有当你成了马的朋友
你才够得上成为马的主人

或抚马而息，屋檐下散淡而居
或打马而去，消融入一片苍茫

2017.5.20 草成

西望的目光（组诗）

张国领

京西第一党支部

有很多第一

都可以载入史册

但你的第一

必须在心中铭刻

你为荒芜的土地

插上了鲜红的旗帜

你为黑暗的道路

点燃了不熄的圣火

也许那时还没有看到

满山遍野燎原之势

而星光下的誓言

却化作阳光四射

那时候

四周有明枪须防

那时候

背地有暗箭要躲

由几个党员建起的

一座坚强堡垒

所处的环境

竟是如此险恶

但你们用信念铸成的

力量，比连绵的群山

更加巍峨

谁都知道

牺牲随时在前方等候

谁都明白

前进总会遇到坎坷

被压迫的劳苦大众

需要解放啊

前赴后继

是共产党人不变的职责

最初的目的

决不是为了被后人铭记

因为那时的任何杂念

都将使雄心胎死重扼

灵水的水

在灵水

没人说到水

而是这个叫水的地方

出过多少举人

我也想找到一点

举人的痕迹

为今天的采风

增加一些底蕴

可除了村口书写的牌子

竟没有找到

一丝中举的欢欣

走进一个个四合小院

没有见到房屋

原来的主人

只有导游兴高采烈地

台词背诵，把浅的事物

有意讲得艰深

而那一道道墙壁

仍然沉默如石

似有无法表达的

满腹经纶

也许我们都是

不该来的啊

让寂静在寂静中

品读音韵

那些中了举的

未必想再回来

那些没中举的

才是灵水之魂

今天，虽然没有了

中举的喧嚣

灵水的风水

却比何时都更加迷人

永定河

曾有汹涌波涛

推门头沟浪比山高

峡谷里堆满

惊险书写的传说

每滴水都是一曲

破门而出的长调

北京城千年不老

是因为有你的

千年浸泡，古都新韵

全仰仗你的滋养

清水浑水

都浇灌一代代王朝

帝都演绎不尽的

跌宕起伏，不过是

你涟漪的随意一笑

今天你是如此的

安静，安静得

让我忘记了大河滔滔

如果不是东望京城

繁华依旧

真不敢相信你

也有过滚滚荣耀

一个辉煌历史

亦足以引为骄傲啊

毕竟不远处

就是南水北调……

诗意遍布门头沟（二首）

张庆和

京西有个李文斌

京西有个李文斌

如今的京城人不知道他

门头沟也很少有人知道

知道他的人

都一个接一个

到天堂看望他去了

只留下一位

知根知底的九十三岁老人

等待一个寻找他的作家

诉说详细——

李文斌是富家子弟

文能治学　武可行侠

麾下学子　知书达理

身边弟子　重情厚义

师徒同向　行善积德

恩泽一地　誉满京西

他爱家乡　爱得深沉

他爱乡亲　爱得心切

就因为那年那月的那一天

魔鬼的牙齿

把京西啃噬得遍体鳞伤

李文斌怒了　揭竿而起

他疏出家财　冶枪铸剑

他唤起乡亲　整队肃伍

京西飘扬起一面抗日旗帜

去魔鬼的嘴里拔牙

到阴暗的魔窟里点火

杀死了多少鬼子

除掉了几多汉奸

京西的鬈鬏山看得明白

满山的红山草数不清楚

一股英雄气直冲霄汉

八路军的队伍里

有他送去的千余战士

抗日牺牲的壮烈里

有他的亲人和骨肉

在鬼子的监牢里

他经受住酷刑的考验

在扭曲的土改岔道上

在十年浩劫的日子里

他被"老左"又一次次伤害

躯体屡遭折磨

灵魂备受屈辱

就这样　一个

为国家　为家乡

鞠躬尽瘁　无职无禄

七十八岁的老人

以一个普通农民的身份

无声无息地

老死在京西山乡里

李文斌不是杜撰

是报告文学《寻找李文斌》

抢救出的一段传奇

是一个个真实的故事

打捞出的沉重记忆

它寻回了遗失多年的史页

它复活了一位抗战豪杰

——李文斌

这京西耸起的一道新景观

正被后来者仰视　感叹

去戒台寺，我拥抱了一棵古树

那天去京西戒台寺

我拥抱了一棵古树

拥抱的时候没想太多

只是觉得我应该拥抱

就像童年的那一天

离别数载重返家乡

拥抱了我满脸皱纹的奶奶

而且抱得很紧很紧

那时候只觉得

只有和梦里的亲人紧紧拥抱

才能解除思念的疼痛

才能实现相见的喜悦

心灵才能得到安抚一样

都是因为母亲去世太早了

我才三岁多呀

多么需要母亲的抚爱与呵护

可母亲却抛下我

不管不顾地永远走了

从此　一个小小生命

就像一棵草移接到一棵树

我把命运依偎在奶奶身上

奶奶长我六十多岁呢

还是一双不太会走路的小脚

奶奶走路总是颤颤巍巍

站下的时候总爱后退

那时候我想

要是奶奶的脚

能像一棵扎根的树多好

一次　就因为

有个要求没得到满足

我竟淘气地

用头拱得奶奶直往后退

已经很老很老的老人家

被我拱倒了

我闯了大祸呀

等着受罚挨打吧

眼看着奶奶的巴掌抡了起来

可等了许久却不见落下

当我睁开眼睛才看见

原来奶奶的手　先是

拍了拍自己屁股上的灰土

又帮我擦了擦眼睛里的泪花

却含着泪水对我说

孩子　咱们家穷啊

不能和人家的孩子比

要比　咱就比读书

比吃亏　比吃苦

比长大以后的出息

去戒台寺见到了那棵树
就像见到了逝去的奶奶
就像听到了奶奶的叮嘱
我紧紧地拥抱了那一棵树

在戒台寺我还拥抱了另一棵树
是看见华静　胡玥两位女诗人
边走边双手抚摸一棵棵古树
尽管那树们已经龟裂得体无完肤
她们说　树就和人一样
年岁越长皮肤越粗糙
才越是厚道　越有温度
戒台寺的古树们有灵性
它们胸怀爱心身携温暖
区别仅仅是
一个植物一个动物
大家同有一颗心
心和心通了　就天人合一

她们是在和古树对话吗
也许
树们的心有如女诗人的心
一样的清亮一样的友善

一样的不能被轻易猜中

那就由她们去和树心聊耳语吧

因为树永远都不会泄密

所以我很羡慕树

诗人说戒台寺的树很懂人

戒台寺的树是力量的化身

有大爱心境有悲悯情怀

我相信她们的话　　所以

又选择拥抱了另一棵树

一棵龟裂得很有资格的古树

拥抱戒坛寺的树

其实是一种感觉

事先不必打算也没有设计

完全是一种由心随缘

你想啊　　千百年来

世世代代　　天南地北

那么多出家人

到这里受戒

来这里求道

那祭坛前长跪的痛膝

那头顶上烫结的戒疤

都是需要意志和定力的呀

所以说　凡受过戒的
内心都有一根强大的支柱
如同这一棵棵古树
所以　不管是出于敬重
还是出于别的什么
去拥抱一棵见证千年佛事
干干净净　强大心灵的古树
很值得　不用踌躇

爨底下的回忆

七　月

不曾想五月送给我的礼物

是我一直在寻找的

母亲牵着我的小手时

太阳散发出的迷人的味道

关于这种味道

很多人说过那是属于孩子的记忆

是纯真的孩子对母亲的永远的眷恋

是永远年轻的母亲牵住我的手那一瞬间的嗅觉

我被爨底下的风轻柔地拥抱着

我披着爨底下的阳光作的风衣

数着石缝间那几株砂引草的白色花瓣儿

我分明看见还是那么年轻的母亲就坐在双石头下等我

我仿佛光着脚丫踏着微热的青石板

扑向母亲

…………

我知道

这是爨底下的阳光和山林间的风

在这个天高云淡的时候

拉过我的手

伸向远方的母亲

我给母亲打了个电话

电话那头

千里之外的她

一直听不清我到底在说些什么

不过，她却在接连不断地兀自回答着

好啊——好——我很好